新潮文庫

魚が見た夢

柳 美 里著

新 潮 社 版

目次

Ⅲ

痛いということ、憎いということ

後藤繁雄

魚が見た夢

まえがき

本書は一九九二年四月から、二〇〇〇年五月までの八年間に書いた短い文章を集めたものである。そのとき、私が何を思い、何に悩み、何に苦しんでいたか、本書を読めばわかるだろう。

出版するに際して、私はゲラを読み返さなかった。読み返さないで出版するのははじめてなのだが、その理由は単純で、加筆、訂正するつもりがなかったからである。二十三歳の私が書いたものを、三十二歳の私が直す――、直すことはもちろん可能だが、元のかたちを留めないほど手を入れ、おそらく三分の一ぐらいは全文削除の憂《う》き目に遭い、薄い本になったに違いない。一冊の本の中に二十三歳の柳美里と三十二歳の柳美里を同居させたかったので、手を入れないことに決めた。そう決めても、読み返せばかならず手を入れてしまうので再読を禁じたのだ。

しかし気になる。ぱらぱらとめくってみたところ、ここに書いてあるのは家族の〈物語〉が多い。しかも楽しかったこと、うれしかったことは影をひそめ、辛《つら》かったこと、哀《かな》しかったことが圧倒しているようだ。

「何、さっきからぼうっとしてるの？」

小さいころから、周囲のひとたちによくいわれた言葉である。

傍からぼうっとしているように見えるときは、思い出していたのである。

私にとって思い出すという行為は、楽しかったことを頭の中で蘇《よみがえ》らせてふたたび楽しむことではなく、悲惨な出来事を誤読して〈物語〉にし、私に苦しみや痛みや哀しみを与えたひとびとを〈登場人物〉のように扱うことに他ならない。私は辛いものでしかない現実を〈物語〉に創《つく》り変えて、自分もまた〈登場人物〉の一員になることで、現実を消滅させていたというより、現実から姿を晦《くら》ましていたのだ。私はものごころついたころから〈物語〉の住人だった。

ぱらぱらとめくって、それからめくる速度を落としていくと——、炎で炙《あぶ》ると浮かびあがる果汁で描いた絵のように、二度と逢《あ》うことのできないふたりの男の輪郭が浮かびあがってくる。

ひとりはこの世にいない。

私が東由多加《ひがしゆたか》と出逢ったのは一九八五年二月である。本書の最後の一文「東由多加を悼《いた》む」以外は、すべて東の生前に書き、東との暮らしの中で書いたものがほとんどだ。

東とは死に別れ、もうひとりの男とは生き別れた。

彼は、今年の一月十七日に生まれた私の息子の父親だが、妊娠六ヵ月のときに別れた。

「東由多加を悼む」の前の五編「異界からの使者」「安息の時間」「孤島に取り残されて」「短い夏の逃避」「飛び込んできた『ポーポ』」は彼が私の部屋で寝泊まりしていたときに書いた。彼の目の前で書いた文章もある。

冒頭に「そのとき、私が何を思い、何に悩み、何に苦しんでいたか、本書を読めばわかるだろう」と書いた。本書の頁《ページ》をひらくと、不在者であるふたりの男の輪郭とともに、その一文を書いたときの状況も蘇ってくる。

『魚が見た夢』というタイトルにした。魚は水に取り囲まれている。水がなければ生きていけない。

私が魚だとしたら、水は痛みだ。痛みがなくなったら、私は書けなくなる。そして書くことで痛みの水位はさらに増していく。私は私を私自身から救い出そうなどと考えてはいない。ずっと永いあいだ、救い出してくれる誰かを夢見ていたが、ふたりの男との訣別《けつべつ》によって夢見ることをやめた。

私は私を私自身に閉じ込めておくために、書ける限りのことを書いて、痛みの水で私自身を包囲した。泳ぐことも、浮きあがることも、沈むこともしないで沈黙と痛みの中に静止している魚――、魚はときどき痛みのあまり口をひらくが水に囲まれているので声にはならない。泡が水面に向かってのぼっていくだけだ。

どうか水面に目を凝らし、耳を澄ましてください。

二〇〇〇年九月

柳　美里

I

魚が見た夢

私は十四歳のとき、家出をした。海に行こうと、最終電車が去った後の線路を眠らずに歩いた。

寒さと疲れで脚はがくがくした。けれど私の体はふらつきながらも前に進んだ。踏切りの遮断機が鳴り、始発が近づいているようだったので眠る場所を捜して、海底に沈んでいるような早朝の街をふらふらとさまよい、公園を見つけ、ブランコで少し遊んでからすべり台の上で斜めに寝そべった。一晩中、ゆらめいていた白いいらいらする糸のもつれた感覚を、蜘蛛《くも》の巣のように振りはらい、私はうつらうつらしながら、自分を取り巻いている空気を過去の空気に変えていった。足の生えかけたおたまじゃくしを隣の水槽の中のざりがにに全部食べさせた六歳の私がいる、放課後の一年三組の教室。小学校の前にある歩道橋を渡るとどこも見慣れた家ばかりになる通町三丁目の通学路。パパが他人の家の庭から盗んできた仔犬《こいぬ》、ペペ。隣の席の小早川君の野球帽からひとつひとつ盗んで、弟の帽子につけかえた野球バッジ。目を醒《さ》ますと、空は赤いセロファン紙で覆《おお》われたように真っ赤で、私は自分がどこにいるのかわからなくなった。

その夜は、永遠に続く黒い河のような線路を歩く勇気が起こらず、線路沿いの道を歩いた。いつの間にか線路から離れてしまったようで、道が蛇のように波打ちはじめ、道の両脇《りょうわき》に黒い大きな手のような木が覆い被《かぶ》さっていた。恐ろしかったが、私は自分を知っている人間がいる場所に戻るくらいなら死ぬまで走っていたほうがましだと思った。学校の聖書の授業で教わった主の祈りを口ずさみ、道が行き止まりにならないことを願いながら、たてがみみたいに生えている雑草を踏みつけて走った。どれくらい道ではない場所を走っただろう？　いきなり目の前に冬の黒い海が見えた。膨れ上がっては、またゆるやかに下降する海の息づきが、水面に油のような反射を明滅させていた。私はすみずみまで自分を憎悪《ぞうお》して、自分であることさえ嫌だったので、海に自分を連れて沈んでしまいたかった。靴を脱ぎ、濡《ぬ》れた砂の上を歩き、海水に腰まで浸《つ》かった。そのときだ、私の背後で懐《なつ》かしい笑い声が聞こえた。振り向くと……パパ……ママ……弟……妹……口をきいてくれなかった小学校のころの同級生……十四年間生きて、出逢《であ》ったすべてのひとびとが波打ち際《ぎわ》に立って、笑っていた。大きな泡がひどく大きくなって心臓におしよせて、私は笑った。その瞬間、波に呑《の》み込まれ、私は海に沈んだ。

気がつくと、砂浜に打ち上げられていた。そして、寒さに震えながら夜が潮のように引いていくのを眺めていた。

十四歳のそのときから、私は過去を、失われた時だけを夢見ている。夢を見るには力が要るかもしれないけれど、すべてのエネルギーを失った、その果てに見る夢だってあるのだ。

言葉の中の下着

そのころまで私はよく父や弟のブリーフを穿《は》いて、学校に行った。母は水商売をしていて、夜働いて昼に睡眠をとるので、なかなか洗濯ができなかったのだ。男の下着がきれたときは、弟たちは、私や妹や母の下着を穿いた。体育の授業があるときに母の下着を穿いていった弟は、同級生に「おかま」というあだなをつけられてイジメられた。

母や父やきょうだいには隠していたが、私は弟よりひどいイジメにあっていた。

遠い昨日、校庭で私がぶらぶらしていると、人気者の女の子のグループが私を取り囲み、突然、脱がせコールを始めた。恐怖のため、目がぼうっと霞《かす》んだ。私は、その子を力いっぱいつき飛ばし、輪の中から抜け出ようとしたのだが、風に吹かれたようにざわざわと私のまわりに同級生たちが集まり、その女の子たちの脱がせコールに乗せられて、私の服を毟《むし》りとりはじめた。腹部と両膝《りょうひざ》の力がガクンと抜けた。私の口は木のように強張《こわば》って、声を出すことができなかった。舌がからからに乾いて邪魔だった。泣いてしまえばきっとやめてくれるだろうと思うのだけれど、泣くどころか、声を出せない自分がおかしくなり、笑ってしまいたくなった。シャツとスカートが毟りとられ、私が着ているものは下着だけになった。夥《おびただ》しい視線が一束になり私が泣き出すのを待っている。

そのとき、昼休みの終わりのチャイムが鳴った。私の頭の中で、教室に戻っていくみんなの笑い声が反響して消えた。水中から砂の上に投げ出された魚のように私は真夏の校庭に下着姿のまま、たったひとりで残された。私はびしょ濡《ぬ》れになった動物のように身震いしながら、服を拾い集めて着た。どうしても教室に行く気にならなかったので、保健室に行った。そして保健の先生の目を盗んで体温計を逆さに振って嘘熱《うそねつ》を出した。すると、先生が振り返り、「皺《しわ》になるからスカートを脱いで、下着だけで眠りなさい」といった。私はもう脱ぎたくなかったのだけれど、逆らう言葉も気力も失《な》くしていたので、服を脱ぎ、轢死《れきし》した人間を白い布で隠すように、自分の体をシーツで覆《おお》い隠した。シーツを頭から被《かぶ》り、のこぎりのようにぎざぎざした自分の思いを抱きしめ、指で両の耳を塞《ふさ》ぎ、両目を固く閉じた。蔑《ないがし》ろにした言葉が私の心に爪《つめ》をたてる。なんだか未知の言葉が咽喉《のど》まで出かかって、今にもそれが口を衝《つ》いて出そうな感じだった。心がずたずたに引き裂かれ、魂が咽喉の辺りで震え、私の気持ちを誰かに聞いてほしかった。涙が出た。口のまわりの涙を私は舌で舐《な》めた。眠れっこないと思ったけれど保健室のベッドで私は糊《のり》のように眠ってしまった。遠い昨日のことだ。

遠い昨日、母がスリップ一枚で激しい旋律を思わせる韓国語で父を罵《ののし》りながら、物を投げつけていた姿を思い出す。父が出て去《い》った後も、スリップは液体のように母の体にまとわりついていた。母のふたつの乳房の間が妙に悲しく黄ばんで見えた。母は部屋の中をあてどもなく弧を描いて歩きまわりながら、繰り返し繰り返し、体の深部の出血のように、あとからあとからとめどなく私には意味のわからない韓国語を吐き出していた。そして、私たちの目の前で舌を噛《か》み切ろうと、顔を歪《ゆが》ませて歯にぎりぎり力を入れはじめた。妹と弟たちは泣き出し、叫んで母を止めたが、私はそのときも口が木のように強張ってしまい、茫然《ぼうぜん》と母の顔を眺めているだけだった。私の頭の中の声は鐘のように差し迫っていたのに……。

遠い昨日、ホテルのロビーで、男と待ち合わせをし、私は時間通りに行ったのだが、男は現れず、電車に乗っている時間のようにあっという間に二時間が過ぎ、フロントの人のX線のような視線に耐えられなかったので、私はホテルの外の植え込みに座り、途方に暮れて、それでもその男を待ちつづけた。

深夜、私の前に白い車が止まり、見知らぬ男が、私の頭の上あたりを見ながら「いっしょにドライブしよう」といった。私はドライブなんかしたくなかったのだけれど、拒否する言葉が口から出てこなかったので、黙ってその車に乗った。父の車以外の助手席に座るのははじめてだった。車が走り出し、男は私の名前や年を訊《たず》ねたけれど、私は気違いのように黙っていた。男は煙草《たばこ》ばかり吸い、いらいらしたように煙草の灰を窓の外に叩《たた》き落としていた。羽毛のような煙草の煙が車の中にたちこめて私の頭を混乱させた。車はいつの間にか高速を走っていた。

車が止まったところは、ラブホテルの駐車場だった。私は断わる言葉が見つからなかったので、男の後について部屋に入った。男はベッドに腰をおろし、突っ立ったまま何も喋《しゃべ》らないでいる私をじろじろながめまわした。静寂に耐えられなくなったのだろう、不自然な低い声で「君は変わってるね」といい、私に近づいてきた。私は男のそばをすり抜けて、部屋から出ようとしたのだが、スカートをつかまえられて、ラブホテルの真っ赤な絨毯《じゅうたん》の上に引き倒された。私は汗臭い男の体に押さえ込まれ、服を脱がされた。最後の一枚に男の手がかかったとき、私は男の腕に思い切り嚙みついてドアに突進して、わけのわからない言葉を叫びながら、ホテルの外に飛びだしていた。無理やり脱がされそうになったり……恥ずかしかったり……見せたくなかったり……

知らないうちに覗《のぞ》き見られたり……脱ぎ捨てたくなったり……。

私にとっての下着は、沈黙と行動の間を飛ぶモンシロチョウの羽のようなものだと思う。私にとっての下着は言葉なのだ。

死とSEX

女子校の帰り道に通る乙女坂と呼ばれる急坂をペダルを漕《こ》がずに、まっさかさまに自転車で走り下りることを思うと、いつも私はわくわくした。教室の窓から外を眺めると、もう陽は落ちかけていた。夕暮れの物音はみな互いに消し合う。下校を告げるチャイムの音が、長く尾を引きながら暗さを増す黄昏《たそがれ》の空気の中に溶けていった。私は正門に向かわずにこっそり裏門に向かった。裏門の銀杏《いちょう》の樹《き》の陰に自転車を止めてあったからだ。夕闇《ゆうやみ》の中、銀杏の葉は無駄遣いをした金貨のように金色に光っていた。私は父が駅前から盗んできた錆《さ》びた自転車にまたがり乙女坂を下りはじめた。夕陽は消えかかり街の半分は冷たく青い影に包まれていた。自転車のスピードはぐんぐん増した。これまでは一度もブレーキを使わずに一気に走り下りることはできなかったが、この日は心を決めていた。自転車はますます速くなった。セーラー服のスカートが風でばたばためくれそうになった。風当たりの強さに私はほとんど目を閉じていた。今、石ころか枯れ落ちた枝か何かに躓《つまず》いたら、坂の下まで転がり落ちるだろうという考えが私の頭をよぎった。寒さのせいで耳と鼻が千切れそうに痛くなり、涙が私の頬を流れ落ちた。私が死を思うとき、必ず浮かぶのはその瞬間である。

耐え難いスピードとぎりぎりの快楽。

私は小さい妹を連れて、よく公園に行った。妹は決まってブランコに乗りたがった。ブランコを押すと、妹は身を捩《よじ》ってキャッキャッ笑う。ブランコの揺れが大きくなるにつれて、笑いの大波が妹の全身を揺さぶる。笑いはひいひいうような声になり、声にすらならなくなったのに、妹はまだ体を捩って笑っている。私は妹が楽しくて笑っているのではなく、気でもふれてしまって、ただ体を痙攣《けいれん》させているのではないかと思い、背筋がぞっと冷たくなった。ブランコの鎖を引っ張り、妹をブランコからおろし妹の肩を揺すぶった。妹は涙をこぼしながら、それでもなお笑い続け体を震わせていた。

乗っているだけで絶えず繰り返し、もう一度揺すぶられるのを望む。機械的に体を振動させることによって生じる快楽が身をつきぬけるとき、私は死をひりひりと感じる。

たとえば、SEXをしているときに。

男の体を抱えるとき、私はかくれんぼの鬼になったときに、じっと抱えた木をいつも思い出す。男の激しく興奮した目は私を縛りつけて、私の腕を握る男の手に力がこもる。私は机の端が鏡に映っているのを最後に見て、目を閉じ唇を少し開く——ちょうどプールの水に沈んだ人のように。男の足の甲が強張《こわば》って私の足の裏に触れる。眠りのような感覚が体中にひろがる。私は男の背中にからみ合わせた脚をひきしめる。暗闇の中で、昇り、昇りつめ、崖《がけ》の端まで行き、落ちる。ふんわりと大地に押しつけられるように落ちつづけ、昇りはじめた所にまで転落する。私の叫び声は時計のぜんまいがほどけていくようで言葉にならない。私は渦の中へ深く吸い込まれてゆくような、目のくらむような吐き気をおぼえて意識が遠くなる。そして、溺死《できし》するときはきっとこんな感じだろうと思う。

ジョルジュ・バタイユの『青空』という小説の中に、主人公のふたりが墓場の土の上でSEXするシーンがある。何年も前に読んだのでその後ふたりがどうなったのかは忘れてしまったが、『青空』の全編に漂っていた性と死の匂《にお》いを私ははっきりと記憶している。

死の匂いと性の匂いは似ているのではないだろうか。人間の体が砕けるとき、焼け焦《こ》げるとき、腐爛《ふらん》するときの匂いと、SEXをしているときに滲《にじ》み出る匂いは酷似しているような気がする。私がＳＥＸをしたいと思うときは、耐え難い寂しさ、孤独、苦痛に苛《さいな》まれたとき、つまり死にたいと強く思っているときである。束《つか》の間《ま》の死の擬似体験で、寂寥感《せきりようかん》や孤独感を一瞬忘却する。けれど癒《いや》すことはできない。だから私は私の芝居の中の主人公は必ず自殺する、あるいは発狂して人を殺す。脱皮した蛇が自分の抜け殻を眺めるように、舞台のスポットライトの中のもうひとりの自分の体から体温と響きが消えてなくなるのを、私は客席の暗闇で眺めている。しかし死体は闇に呑《の》み込まれ、私の叫び声は拭《ぬぐ》われて何事もなかったように、空の舞台が白けた照明に照らされ浮かび上がる。悲しみと吐き気にがんじがらめにされながら私はゆっくりと立ち上がり、ＳＥＸの後に脱ぎ捨てた服を拾うように、上着を手にとり劇場を後にする。

〈〝嘆かわしいもの〟泣かないために氷りついている眼　死に方を知らない心〉私の好きなラングストン・ヒューズの詩だ。私は戯曲を書くことで死に方を捜しているのだと思う。

私はどのように死ぬのだろうか？

運命が盲目の象のように突然人間を踏み潰《つぶ》すのを、新聞やテレビの中で毎日知らされる。天災、不慮の事故、連続殺人、不治の病。これらによって絶命するのは嫌である。私は何かが起こるときは身構えていたい。驚くことは大嫌いだ。眠れない夜、私は目を閉じて望ましい死に方を数えてみる。入水《じゅすい》自殺、首吊《つ》り自殺、ピストル自殺、ガス自殺、服毒自殺、転落死、餓死、凍死、焼死。

小学校の理科の授業で教わるまで、すべての生物の死は自然死ではなく自殺による死だと私は信じていた。蝶《ちょう》の自殺を幇助《ほうじょ》するために、私は父の机のいちばん上の引き出しの中にあった外国製のライターをポケットに隠し入れ、真夏の真っ昼間のちぢこまった自分の影を踏んでスキップして野原に行った。そして捕虫網の中に蝶を閉じ込め、左手の人差し指と親指でそうっと羽をつかむと、ライターで蝶の羽に火をつけた。蝶は燃えながら八月の白い太陽に向かってふわふわと舞い上がったが、すぐに焼け焦げて地面に落ちた。

私はその蝶のように死ぬだろう。

植物のつよさ

私は子どものころから引っ越しばかりだった。

父はパチンコ屋の釘師《くぎし》なので、支店が増えるたびに転勤になった。横浜の中区、南区、西区――、父は車を持っていたので、通えない距離ではなかったと思う。だが、なぜか父と母はその可能性を考えず、いそいそと引っ越しの準備をし、うまくいかないことのすべてをその場所のせいにして、何かに急《せ》かされるように違う場所へ移動した。

家を出るのはいつも深夜だったような気がする。だから夜逃げをするような後ろめたい気がした。父と母もそうだったのだろう――、眠い目を擦《こす》りながらおしゃべりをしていた私たちが笑ったり、ふざけたりすると、人差し指を唇にあててシーッといい、こそこそと荷物を車に積み込んだ。

自分の国を見限り、身ひとつで海を渡って（密航して）この国に来た父と母は、心のどこかでいつも後ろめたかったのだと思う。

車が走り出すと、妹や弟たちは犬の子のように丸く重なり合って眠ってしまったが、私は、見慣れた風景や道がリボンのようにほどけて夜の中に紛れてしまうのを眺めていた。

——どの家も納屋《なや》のようだった。風が吹くと、家の中にも隙間《すきま》風が吹き込み、硝子《ガラス》戸や押し入れががたがた震え、雨が降ると、雨漏りで布団《ふとん》が濡《ぬ》れるので、茶碗《ちゃわん》や鍋《なべ》や洗面器を並べた。枕《まくら》の脇《わき》の薬罐《やかん》の中に落ちる雨だれの音があんまりよく響くので、一睡もできないまま小学校に行ったこともある。

風呂《ふろ》場《ば》の壁には穴があいていたので、石鹸《せっけん》箱になめくじが這《は》っていたり、湯に浸《つ》かっているとき、こおろぎが飛び込んできたりした。今、その当時のことをひとに話しても、「ええ？　柳さんは何年生まれなの」となかなか信じてもらえない。そのころの家の様子と、そこに棲《す》んでいた私たちの表情は、いつも一葉の白黒写真のように——色もないし、匂《にお》いもない、動きもないし、音もない——浮かびあがる。

父は花が好きで、いつ引っ越すかわからない仮住まいの小さな庭に種を蒔《ま》いた——まるでそこに永住する覚悟があるかのように——。

母がキャバレーに勤め出したころから、私の家庭はぼろぼろに崩れていったのだが、家の中の不幸と関係なく、庭の花々は吹きこぼれる泡のように咲いていた。私は、車に轢《ひ》き潰《つぶ》された猫の死体のように、それらの花の色や匂いをなまなましく思い出す。ぺんぺん草やはるじょおんやはこべを視線のように撫《な》でる春の風……そっと目をとじる朝顔……かたつむりがいっぱい実っていた鳳仙花《ほうせんか》の茎や葉……あばら家を色彩のように取り囲んでいた薔薇《ばら》の香……。

——私たちは引っ越しのたびに庭の植物を置き去りにした。

大地の腹と臍《へそ》の緒で繫《つな》がっていて身動きのできない植物は、空き家になった家の庭に踏みとどまるしかなく——、人の手がなければ生きられない種類の花は、枯れ衰えていっただろう。

——私の家族は私が小学五年のときに離散した。母は恋人（キャバレーの客）といっしょに棲むために父を捨てた。そのとき、私といちばん下の弟は母について家を出た。

新しいすみかは、男の家族（妻子）が棲んでいる家の屋根が窓から見える３ＬＤＫのマンションだった。母は男の運転する車が、男の家の車庫にすべり込む様子をいつも窓から眺めていた。

私は中学校と高校がいっしょのミッションスクールを受験し、合格した。

合格したのはいいが、誰とも言葉を交わせず、教室に入ると、ときどき、心臓が拳《こぶし》のように口から飛び出しそうになり、呼吸をしすぎて手足が痺《しび》れてしまうので、保健室のベッドに連れていかれた。

夏休み前のある日、保健室の窓から上履きのまま脱走した。私は熱気で霞《かす》んだ道を盲目のように——昔、家族揃《そろ》って棲んでいた家に向かって——歩いていた。

五歳のころに過ごした家はなかったが、私はその空地の真ん中に突っ立ったまま身動きできなかった。

——色とりどりの鳳仙花が空地を埋めつくしていたのだ——。

夕暮れ時

子どものころ、遠くの海に行こう、と夏休みの早朝、父親が運転する車に乗ると、私は決まって眠ってしまった。目を醒《さ》ますと車は海岸沿いを走っていて、私は騙《だま》されたような気分になり、太陽がジュッという音をたてて海に落ち、モノの色と形が消滅してゆくのを眺めていた。母親は、どうしてこの子は寝起きにいつも哀《かな》しい顔をするのかしらね、と父親の横顔を見た。父親は私が海を見て歓声をあげないのが不満なのか、怒ったように黙っていた。

「人間なんて十六から二十三までの年がなきゃあいいんだ。でなきゃあ、その年のあいだは眠ってりゃあいいんだ」。これはシェイクスピアの『冬物語』の中の羊飼いが吐く台詞《せりふ》。十歳のときこの台詞を発見し、まったくその通りだ、と思ったものだが、私は今年の六月には二十五になってしまう。こうなるといっそのこと、五十くらいまで眠っていたいなと思ったりする。

中学校のころから私が眠りたくなるのは、いつも太陽が引き潮のように窓の外を横切ってゆく夕暮れ時だった。

夕暮れ時に体を横にすると、なぜか過去のひどい出来事ばかりがパレードのように頭の中を通り過ぎ、私は誰もいない部屋で顔を歪《ゆが》め小さな叫び声をあげる。小学校のとき、同級生の男の子数人に校庭で全裸にされたこと――幼稚園のとき、近所のおじさんに、誰にもいうな、とイタズラをされたこと――家出をして道端に倒れていたとき、車に拾われ、車の中でイタズラをされて浜辺に捨てられたこと――、思い出すのは人(男)の手の冷たい感触だ。

現在つきあっている彼の手は信じられないくらい暖かい。真冬にコートの上から触られても暖かい(私は春になったのが少し残念だ)と感じる……。

――今、ここに彼はいない。

私は服の中に手を潜らせて体のいろいろなパーツを慰撫《いぶ》しながら、夜がとっぷり降りてくるのを待つのだが――私の手は冷たい。窓の外の光が失《う》せて部屋の中のモノが茶色い影に変わっても、私は眠ることができない。目を塞《ふさ》いでその上に両手をのせて、冷たい手の記憶を忘れようと思うが忘れられない――ああ、眠ることができない!

こんなときは生まれてから一度も眠ったことのないような、もう二度と眠ることのできないような気分に囚《とら》われて、窒息しそうなほど深く息を吸い込んでしまう。失《な》くしモノを必死になって捜す人のようにどこかに隠れている眠りを灰色の部屋から引きずりだそうとベッドから這《は》いずり出て、部屋の中をあてどもなく歩きまわる。別に今、眠らなくてもいいじゃないかと心臓の鼓動を踏みつけるように宥《なだ》めてみるが、私の体は一分でもいいから眠りたい、眠りたい、と軋《きし》んだ音をたてる。私はいうことをきかない自分の体に腹をたて、投げ捨てるように体をベッドに横たえる。汗のように流れる涙を舐《な》めながら、私は心の中で彼に訴える。

――ねえ、眠りたいんだけど。

彼は何もいわず聞き取れないくらい静かに微笑《わら》っている。あまり余裕がある微笑なのでにくらしくなり、私は彼の腕に嚙《か》みつき、嚙みついた歯の跡に頰を寄せ、

――眠りたい。

と傷ついたレコードのように繰り返しながら、彼の顔と体を、暖かい手を、肩や腕や腰の線を、彼の心臓の音を思い出し、それを自分の心臓の音に重ね、私というものすべてを私の皮膚に集中し、彼が強くゆっくりと動き出すのを待つ。私の体は揺れはじめ、彼の体の輪郭がおぼろげになる。私はその、必ず終わりがある無伴奏な舞踏に

身を委《ゆだ》ねる。そして暗室の中で写真を現像するときのように、光（眠り）の粒子が私の頭の中に集まるのを待つ。

十から二十三の夕暮れ時、私はいつも世の中のすべてが死んでしまえばいいと思っていた。それを妹に話したら、お姉ちゃんひとりが死ねばいいじゃない、簡単だよ、といわれ、そうだね、といったものの自分を殺すことは難しかった。だから飛び立つ鳥のように慌《あわ》ただしく影から離れて去《い》く、死者がうらやましかった。

このあいだ年老いた舞踏家の踊りを観《み》た。ラストシーンで彼は自分の前に長く伸びた影を（影というものは後ろに引きずるものだとばかり思っていた）一歩一歩リズムに合わせて畳みながら踊っていた。私はこんな風に生きられればいいなと思いながら観ていたが、それもなかなか難しい。

私はまどろみながら、横たわっている自分の体がしだいに影になってゆくのを感じ、眠りという恍惚《こうこつ》の時に沈んでゆく。

そういえば、私は眠る前に考えたことなど一度もなく、いつも不吉な暗い過去と未来を感じているだけのように思う。

閉ざされた遊び場

「お姉ちゃん、お腹《なか》すいた。昨日から何にも食べてないの」

「今、どこ?」

「横浜」

「もう電車ないねぇ。いいや、そこからタクシーで来な」

「焼肉食べたい」

「自由が丘に三時までやってる焼肉屋あるから」

私は四人きょうだいの長女である。下に弟がふたり、妹がひとりいる。四十代の友人に聞くと、きょうだいと仲が良かったのは小学校くらいまでで、大人になってお互い家庭を持つと、親戚《しんせき》の結婚式や葬式でしか顔を合わさないという。

私の家族は私が十一歳の時に離散した。私と下の弟は母といっしょに家を出て、妹と上の弟は父といっしょに家に残った。私は離れて暮らしている弟や妹や父のことを、いつも抜けない棘《とげ》のように気にかけていた。彼らもそうなのだろう、何かあると、電話をかけてくる。お腹がすいた。焼肉を食べに行こう。パパが栗《くり》ご飯を作りすぎたから食べに来い。ママがサクランボを一箱買ったから食べに来い。食事の誘いの電話が圧倒的に多い。いっしょに食卓を囲んだ記憶が少ない恨みなのかもしれない。

学校から帰ると、キャバレーに勤めていた母は赤や黒のレースの下着姿で鏡台に向かって唇をすぼめたり、瞼《まぶた》を閉じたりしながら化粧をしていた。母の支度が整うと、私たちはタクシーに乗り、キャバレー〈帝《みかど》〉の隣にある安い洋食屋に行った。そしてグラタンを注文した。急いでいるとき、母はグラタンにコップの水を混ぜて、あまり嚙《か》まずに口の中に流し込んだ。別に急いで食べなくてもよかったのだが、なんだか気が急《せ》いて、私たちも母の真似《まね》をして水をかけて冷まして食べた。母が〈帝〉の中に消えてしまうと、キャバレーやホテルのネオンがだしぬけにぎらぎら感じられ、私はびしょ濡《ぬ》れの猫みたいに身震いした。もらったバス代で買ったあんぱんを齧《かじ》りながら、私たちはネオンの森を通り抜け、歩いて家に帰った。

母が客と同伴しなければならないときは、父が車で迎えに来た。そして父の車に乗ってパチンコ屋に行った。父が釘《くぎ》をいじってくれる（私の父は釘師）せいで、私たちが座るパチンコ台はフィーバーしっぱなしで、ちっとも面白くなかった。パチンコに飽きると、はす向かいにあるゲームセンターに連れて行かれた。私たちは、その中にある自動販売機で冷たいハンバーガーとコーラを買って食べた――インベーダーゲームをしながら。妹と下の弟はまだ小さかったのでゲーム機の上に突っ伏して眠ってしまったが、私と上の弟は目を血走らせて、台所の流しのゴミ溜《た》めの蛆《うじ》のように、殺しても殺しても湧《わ》いてくるインベーダーを殺戮《さつりく》しつづけた。店のシャッターが降りると父がやってきて、眠っている妹と下の弟を抱え、車に乗せて、母を迎えにキャバレーに行った。そして歯も磨かず、風呂《ふろ》にも入らず、「おやすみなさい」もいわずに四畳半に敷きっぱなしにしてある三枚の布団《ふとん》にふたりずつ潜り込んで、鳥の一家のように眠った。

宿題などできるはずがなかったし、居眠りせずに授業を聞けるはずもなかった。子どものくせにどこか擦《す》れた雰囲気を持つ私たちを、担任と同級生たちは徹底的に疎外《そがい》した。校門をくぐると、汗のように滲《にじ》み出てくる敵意に取り囲まれているような気がして、私は、言葉を発することができなくなった。宿題を提出しなかった私の頬を担任は力まかせに殴った。私は言い訳して謝ることも、泣くことも、「痛い」と悲鳴をあげることもできなかった。頬を引きつらせて途方に暮れて突っ立っていた私を、担任は「笑うな！」と怒鳴り、また殴った。決して目から零《こぼ》れることのない涙は、私の内でどぶ水のようにあふれ、私は溺《おぼ》れそうだった。

だからいつもきょうだい四人で遊んだ。

夏休みは毎日虫捕りをした。弟に後ろ足を摑《つか》まれて身動きのできないまま呑気《のんき》に米をつくバッタに、私はカマキリを近づけた。バッタでも蝶《ちょう》でもトンボでも捕まえた虫はすべて殺した。刑の執行をするのは弟たちだ。私が死刑の判決を下すと、弟たちはいっせいに彼らの首をへし折ったり、羽をマッチで燃やしたり、踏み潰《つぶ》したりした。

日曜日は、公園の球場で試合をしている少年野球チームの隣で、ふたりずつに分かれてチームを作って試合をした。じゃんけんに負けて後攻めになると、ピッチャーとキャッチャーのふたりだけで塁を守る者がいないので、バットに当たればホームランになり、三振をとる以外チェンジにならない。それでも私たちは、家に帰るのが嫌だったので、白いボールが夕闇《ゆうやみ》に溶けて見えなくなるまで野球をつづけていた。

私は外側に開かれた関係を友だち(他者)との間に結ぶことができなかった。私の幼年時代はすべて内側に閉ざされたきょうだいとの関係の中にある。

その閉ざされた空間こそが、私の遊ぶ場所——劇場だったのだ。

奪われた犬

私はポケベルを持っている。父からもらったのだ。父は私と妹にポケベルを持たせ、深夜だろうが早朝だろうが、私たちを呼び出す。たいてい何の用事もないのだが、すぐに電話しないと、「男といたんだろ」とうるさいので、仕方なく電話する。

そのとき、私は酒場でグラスを傾けていた。十二時をまわり終電をあきらめたころ、ピピッピピッピピッ、ポケベルが鳴った。

「柳さんがポケベルを持ってるなんて……似合わないわね」ママは悪戯《いたずら》っぽい視線を私に向けた。私は百円玉を十円玉に換えてもらい、父が勤めているパチンコ屋、M球殿に電話した。

「あの、マネージャーお願いします」

父は釘師《くぎし》兼マネージャーである。

電話口に出た父は突然「君の本を読みたいんだけど」といい出した。妹の話によると、父は私の記事や文章が掲載されている雑誌を片っ端から集め、店の従業員たちに「声に出して読んでみろ」と無理強いし、迷惑がられているという。父は日本語の読み書きができない——。

「明日、店に持ってくるように」と父は命令するようにいい、電話を切った。

翌朝、私は二日酔いで吐きそうになりながら電車に乗った。店内はまだ疎《まば》らだった。客も従業員も朝の白い睡気の中に漂っているようである。父は見当たらない。私は外に出て裏口の階段を上り事務室に行った。事務室の扉は開けっ放しになっていた。

「あのぅ……」私は革のソファーに座っている男を見た。

男は奇妙な貪欲《どんよく》さを湛《たた》えた目で、私の胸元を、脚を、顔を見て、

「いないよ。家で寝てるんじゃねえの」と髭《ひげ》を剃《そ》ったばかりの顎《あご》のようなざらざらした声でいった。奥から中年の女が出てきた。

「美里ちゃんでしょ？　お母さんそっくりね」女はバターの固まりみたいな声で、「お父さんのポケベル鳴らしてあげようか」

誰なのかすぐにわかった、父と母が離別した原因のひとつを作った女《ひと》である。

——同伴する客との待合せ場所に向かっていた（当時キャバレーのホステスだった）母は、父の車と擦れ違った。助手席に座り、父の肩に頭を凭《もた》せ掛けていた女《ひと》が、

彼女、李《り》さんである。李さんは独身だが、子どもがふたりいる。母は、父の子ではないかと疑い、彼女のアパートの前に張込んで子どもの顔を調べた。

「それで、似てたの?」私はうわずった声で訊《き》いた。

「ぜぇんぜん。あの女そっくりのブス男君とブス子ちゃんよ」母はひくひく笑った――。

「ちょっと中に入って待ってなさいな」李さんは私の腕を摑《つか》んで部屋の中に引き入れた。

ソファーに座っていた男は急に立ち上がり、

「お前、雑誌で見たけど、実際は変な顔だな。自惚《うぬぼ》れんじゃないぞ」

「社長、そんなことないじゃない、可愛《かわい》いじゃないですか」李さんはおだやかに口をはさんだ。

男は社長だった。子どものころに何度か会ったきりなのですっかり顔を忘れていた。

社長はがたつくように笑って、

「馬鹿《ばか》野郎、俺は柳んとこのガキがゴミのころから知ってるんだよ。妹はこいつよりましな顔してるよ」

あまりに幼稚な貶《おとし》め方なので、私は思わず吹き出しそうになった。笑いをおさえ、真顔を保つために煙草《たばこ》に火をつけた。

「まあ、学歴がないクズであることにはかわりないけどな。こいつも妹も中卒だよ、中卒。おい、中卒でものなんて書けるのかよ」社長は私に名刺を投げてよこした。その名刺の肩書は、神奈川にある有名私立高校の相談役、となっている。

二十年前、彼の父親の金さんと父はふたりでM球殿を興《おこ》した。金さんはひとり息子の彼に店を譲り、韓国に帰った。彼は帰化し、某財閥から名前をとり、日本名を名乗るようになった。三人いる息子は皆名刺の有名私立高校に入学した。その学校の創設時に多額の寄附をしたのだ。

「金もない、学歴もない、才能なんてあったってそんなのゴミみたいなもんだ」

私は五本目の煙草に火をつけた。陰鬱《いんうつ》さが煙草の煙とともにふくらんでくる。私はそっと部屋に入ってきた猫背の父を見た。

「おはようございます」父の声は私の耳の奥に空《うつ》ろに響いた。父は私の隣に座った。

社長は父の目をじっとまともに見据えながら、

「おい、娘ふたり、俺の愛人によこせばお前の七千万の借金、払ってやってもいいぞ」

父はしばらく何もいわず、社長の顔をつくづくと眺めた。社長のいばりくさったような大きな鼻の両脇《りょうわき》の小さな目が、怯《ひる》み、光った。

「ありがとうございます」花片が風にふるい落とされるように、父の口から感謝の言葉がこぼれた。私には父の怒りが手にとるようにわかった。私は父に本を手渡した。社長はその本を引《ひ》っ手繰《たく》り、椅子《いす》の上に投げた。本はすべって床に落ちた。社長は顔を背けながら何かいったが、聞きとれなかった。怒りのために私の腿《もも》は震え、心臓は激しく動揺した。本を放られたせいではない、昔飼っていた犬のことを思い出したからだ。私は拳《こぶし》を両膝《りょうひざ》の間におしつけて暗く遠い記憶の穴に落ち込んだ。

ジャッキーという名前の犬を飼っていた。ポインター種の猟犬だ。私たち家族に食べ物がなくても父はジャッキーに肉を食べさせた。

――夏、私はよくジャッキーを散歩に連れて行った。ジャッキーが走りはじめると、私のスカートは生暖かい風を孕《はら》んで帆のようにふくらんだ。夏草の上に横たわり、私の心臓とジャッキーの心臓を重ねてまどろんだ。

父は店でジャッキーの自慢をした。血統書つきの猟犬を飼っていると――。

ある夜、父は家の中に入ってこなかった。犬小屋の前で蹲《うずくま》り、ジャッキーの頸《くび》を抱いて夜通し泣いていた。社長に「お前の犬をよこせ」といわれたのだそうだ。彼は自分が持っていないものを持っている私たちが許せないのだ。

朝、父は車の後部座席にジャッキーを乗せた。車が黒い小さな汚点《しみ》になり、消えてなくなっても、私たちはその場に立ち尽くしたままだった。

一週間後にジャッキーは死んだ。――餓死。鎖に繋《つな》いだまま、餌《えさ》をやらず、散歩に連れて行かず――糞尿《ふんにょう》に塗《まみ》れて死んでいたという。

私たちはペットフードのＣＭが流れるたびに体を強張《こわば》らせた。犬の遠吠《とおぼ》えを聞くたびに生爪《なまづめ》を剝《は》がされるように、奪われた犬のことを思い出した。

犬、返せ！　犬、返せ！　犬、返せ！

口にできないシュプレヒコールが、金槌《かなづち》のように私の頭蓋《あたま》を撃つ。

犬、返せ！

食べることが物語だった、あのころ

私は食通と自称しているひとと食事をともにしたくない。目の前に並んだ料理に関する蘊蓄《うんちく》を聞かされるのはご免だし、彼らが推奨する店の味が、私の口に合うとも思えないからだ。

打ち合わせを兼ねて、相手が指定する和、洋、中、伊の有名料理店で食事をするのはやむを得ないとしても、自分から進んで行こうとは思わない。料理の鉄人と持て囃《はや》されているひとの店で御馳走《ごちそう》になったこともあるのだが、卓を囲んだ十人全員ひとりたりともおいしいといわなかった。

食通にいわせれば、私の味覚に問題があるということになるのだろうが、そう指摘されても一向に痛痒《つうよう》を感じない。食事ぐらいは気兼ねなく食べられる店で好きなものを食べさせてくれといいたい。

去年の暮れ、友人が旅に出るというので行き先を訊《たず》ねると、「素うどんを食べに行くんだ、鳥取に」という返事がかえってきた。

「二年前の雪の日に裏通りの店で食べた素うどんの味が忘れられなくてね、鳥取は雪だし……」。

私はこういうことをいうひとも鼻持ちならないのだが、彼の場合、もちろん蟹《かに》も食べるんだけど、と付け加えたので許すことにした。

食物に関してまったくこだわりがないのは、子どものころの悲惨といっていいほどの貧しい食生活が影響しているのだと思う。子どものころのおいしかったものという話題になって私が、よく道端に落ちているドロップを公園の水飲み場で洗って食べたと話すと、「乞食《こじき》だったの」といわれてしまった。

母は幼いころに祖母に出奔され、まともな食事をしたことがなかったせいか、恐ろしく料理が下手だった。両親とともに韓国にいる間も、日本にきてからも、極貧の暮らしをしていた母にとっては、食べ物が有りさえすれば御馳走だったのかもしれない。

家で食べる夕食より情けなかったのは、中学のときの弁当であった。油が染《し》みた包みを解くと、頭と尾がタッパーウェアからはみ出た秋刀魚《さんま》が現れたり、白飯と透明のビニール袋に入ったカレーだったりするので、たまりかねて、売店で買うパン食に切り換えた。

母がキャバレー勤めをはじめてからは、買い置きの味噌《みそ》ピーナツをご飯に乗せて食べるだけの日が何日もつづいた。パチンコ店に勤めていた父と母の帰宅は午前二時を過ぎるので弟妹たちと四人でバターを匙《さじ》ですくって食べたり、角砂糖をかじりながらテレビを観《み》て過ごした。

小学校四年生のときだったか、母が弟ふたりを連れて外出して、夜七時過ぎても帰宅しなかったことがある。私と妹はお腹《なか》がすいたので、何か食べ物がないかと家中捜したが、キムチの欠片《かけら》すら見つからない。私は空腹が高じて、孤島に取り残されたような絶望的な気分になっていった。あきらめきれない妹はごそごそと台所の隅を捜しつづけ、遂《つい》に、「お姉ちゃん、あったー」と、一合ばかりの米が入った袋を振りかざした。

「やったね！」と私は米を研《と》ぎ炊飯器に入れ、炊《た》き上がるのを待った。私と妹は訳もなくハイになり、何をいってもおかしくて笑い転げた。しかしいくら待っても一向に湯気はあがらず、炊飯器は物音ひとつ立てない。ハッとして顔を見合わせ、おそるおそるスイッチを見ると、オフになったままだった。

「お姉ちゃんのバカー」といって、妹は泣き出してしまった。間もなく母と弟たちは帰ってきたが、このことは黙っていた。

もしあのとき、妹とふたりで茶碗《ちゃわん》に一杯ずつ食べることができたならば、それより美味な食事はなかったろう。

料理は、もちろん味覚も大切だが、その食事に何の物語も込められていなければ、ただの食べ物にすぎない。原稿を書いて収入を得て、食べたいと思えば何でも口にできるようになってからというもの、食べ物に関する物語を失ってしまった。

この間街を歩いていて、目に止まった和菓子屋の栗饅頭《くりまんじゅう》を無性に食べたくなった。子どものころ、小遣いをもらうと、必ず栗饅頭をふたつ買った。爪《つめ》で皮に線を引くのは長女の私の特権で、弟妹たちは正確に二等分されるかどうか固唾《かたず》を呑《の》んで見守っていた。私たちは食べながら、一回我慢してひとつずつにしようかと話し合ったこともあったが、小銭を手にすると我慢できずに買いに行ってしまうのであった。私はその菓子店で買った栗饅頭を食べたが、あのころ口中に広がったとろけるような味はしなかった。失望した私は、もう二十年近くいっしょに暮らしていない家族を思い、しばらくの間食べかけの栗饅頭に目を落とし、舗道に立ち尽くしていた。

食事は文化だ、と誰かがいったが、私は思い出だと考えている。

コンパニオン

中学二年のときにパーティーコンパニオンなるものを経験したことがある。パーティーコンパニオンといえば聞こえはいいが、出張ホステスみたいなもので、要するに酌婦《しゃくふ》である。

場末のホステスだった母は、客とつぎつぎに関係を結び、その中のひとりと同棲《どうせい》するために父を捨てた。それをきっかけに母は勤めていたキャバレーをやめ、パーティーコンパニオンに鞍替《くらが》えをした。私は、拳《こぶし》で私の鼻を折ったことのある父よりも、色道一辺倒の母のほうがまだましと、母と暮らすことを決めた。

母が金を持っていないときは、母の男に金をもらわなければならなかった。それが苦痛だった。小学一年生だった下の弟は、コンビニでおにぎりを買うのにも、その男に領収書をもらうようにいわれていた。吝嗇《けち》で疑り深い男だった。彼に手を差し出し、千円札を握らされるくらいなら、一食抜くほうがはるかに楽だった。金を受け取らずに学校に出かけようとすると、母が男から金を捥《も》ぎ取って、追いかけてきた。そういうことがあった夜のことだと思う。

「あんた、ママがどうやってお金を稼いでいるか、社会勉強だと思って一度やってみなさい」

三時間で一万円という報酬の高さに魅《ひ》かれた。

「年を訊《き》かれたら二十歳だっていうのよ」

「名前は嘘《うそ》のを考えときなさい」

「チップを握らされたら、あとでママに渡すのよ。女の子みんなで分けることになってるんだから、いい！」

「二次会に誘われたら、予約が入っていますって断りなさいよ」

母は電車の中で私に細かい指示を出した。心配をしているというより、抜け駆けは許さないといった感じだった。そしていつもの母親の言葉よりも力強く、自信に満ちていた。私は電車の窓に貼《は》りつく春の雨を黙って眺めていた。

熱海《あたみ》つるやホテル。控室で生まれてはじめて化粧をした。勝手がわからず、隣に座っている母に鏡の中で目配せしたが、娘だということは他のコンパニオンたちには内緒にしていたので、母は私に頓着《とんちゃく》せず、脇《わき》の下にシェービングクリームを塗って、剃《かみ》刀《そり》をあてていた。仕方がないので、見よう見まねで目のまわりは青く、唇と頬は赤く塗ったが、打撲傷のようになってしまった。

三百人まで収容できる大宴会場には赤い幕がかかった小さな舞台があり、幕の後ろに私たちコンパニオンはずらりと並んだ。〈津軽海峡冬景色〉が鳴り響き、幕はあがった。客は百人強で、医師たちの宴会だった。私は皆の後ろから、母に借りた黒いレースのドレスの裾《すそ》をつまんで席敷の畳に降りていった。

男たちに何度も酒の注ぎ方や煙草《たばこ》の火のつけ方を注意された。

チークタイムになり、「踊ろう」と顔の真っ赤な禿頭《はげあたま》の男に二の腕を掴《つか》まれた。

「名前は？」

男は頬に頬を押しつけてくる。髭《ひげ》の剃《そ》りあとが痛い。

「里子です」

酒の臭《にお》いを含んだ生暖かい息が頸《くび》にかかり、寒けがする。

「年は？」

「二十歳」

男の手はひと目も憚《はばか》らず私の背中や腰や臀部《でんぶ》を這《は》いまわる。

「二次会があるんだけど、十一時に六〇六号室にきてくれない？」

汗でべとついた右手の指を四本握らされた。私は視線の端で母の姿を捜した。男に腰を摑まれてジルバを踊る赤いドレスが目に入った。

——不思議と憎悪《ぞうお》のざらざらした感触は残らなかった。こんなことでこんなに金になるなんて、簡単に稼げるな、と思った。簡単なことはしたくない、そうも思った。

高校を一年で放校処分になったとき、母は私を知り合いの銀座のママに紹介するといい張った。

「まっとうな道からはずれたんだから、銀座のクラブに入って、ナンバーワンを目指しなさい」

このまま母の言葉に従えば、母と同じ道を歩む。それも簡単なことのように思えた。私は母のドライフラワーのようにかさついた唇、引き抜いて一本もない眉毛《まゆげ》、髪の生え際《ぎわ》の白髪を凝視した。

その言葉には頷《うなず》いて、私は数日後、家を出た。

家族は静かに崩壊してゆく

「幸福な家庭はすべて似通っているが、離婚する家庭はそれぞれちがう不幸を抱えていた」といったのは、トルストイである。

私は他者から見れば不幸な家族の中で育ったことになるのだろう。十一歳のとき、母は私と下の弟を連れて家を出て、父と上の弟と妹はそれまで棲《す》んでいた家に暮らしつづけた。だからといって自分の家族を恥じる気も、哀《かな》しく思うこともない。むしろ、思い出の中に家族を閉じ込め、うっとりと追憶している。不幸な家族ほど、果たせなかった家族の夢を追い求めているのかもしれない。

二ヵ月ほど前、五木寛之《ひろゆき》氏のラジオ番組にゲストとして呼ばれた。五木氏は、週刊誌の連載をまとめた私のエッセイ集『家族の標本』の感想から話を切り出した。

「柳さんは、あの本の中で、トルストイの言葉を引用していましたが、僕は逆だと思うんだ。不幸な家族の原因っていうのは、貧困、病、このふたつでしょ」

しかしそうではない。

癌《がん》患者を引き受けることによって、それまでばらばらだった家族がひとつにまとまる場合もあるし、現代よりも戦前や戦後の貧しい時代のほうが家族の絆《きずな》は強かったのではないか。

崩壊した家族は、どうしても抗《あらが》えない因果を、その一家が成立したときから、密《ひそ》かに培養していたのではないかと思えてならない。

連載が終了し、本が出版されてからも、家族への関心はなくならず、仕事でひとに逢《あ》うたびに、つい家族史を訊《き》いてしまう。

たとえば最近私の友人から聞いた話だが——。

A子は両親と弟の四人家族だ。一家はいたって円満だったが、ただひとつだけ問題があった。原因は父の兄である。

A子の伯父は埼玉県で両親と暮らしていた。アルコール依存が高じてクビ同然で印刷会社をやめてからというもの、昼間から酒を呑《の》んでは暴れるという生活をしていた。両親はともに七十を越えていたので、注意ひとつできず、彼を持て余していた。そんな伯父が月に一度か二度はA子の家に現れるのだ。夕食のとき酒を出さなければ怒鳴りはじめるし、酔っぱらうと、ひどいときには父に殴る蹴《け》るの暴力を振るい、怪我《けが》を負わせることさえあった。

ある日、父が実家に泊まりに行った翌日、A子がバイトから帰ると、伯父の死を告げられた。祖父母の家の炬燵《こたつ》で眠っている伯父を、朝起こそうとしたら息をしていなかったのだという。A子は内心これでやっと幸福な家族になれると喜んだ。しかし彼女の家族にとってのほんとうの問題は、それから起こった。

葬儀が終わって二週間ほど経《た》って、父の会社から連絡があった。――無断欠勤しているので事故でもあったのかと心配しているんですが――。

「お父さん、いったいどこで何してるんでしょう。朝は普通だったわよねぇ。いつもの通り新聞見ながら朝ご飯食べて、八時ちょうどの電車に間に合うように家を出て――」という母の声は引きつっていた。

それから出社しない日がつづいた。

父はいつの間にか本物の病気になって入退院を繰り返し、一年半後に呆気《あっけ》なく死んだ。

弟は高校を中退して家を出た。

五年前のことである。

A子は伯父の死後の父の不可解な行動を考えつづけている。——思いあまった祖父母と父が泥酔《でいすい》した伯父を炬燵の中に引きずり込み、その罪の意識が父を——この考えは即座に打ち消したが、それにしてもどうしてこんなことになってしまったのだろう? A子は今でもわからない。

私はこのように不幸な家族史を集めている。

しかし問題なのは、ごく一般的に起こっている「静かな家族の崩壊」である。その多くは家の新築によって引き起こされる。——家を建てる、ローンを組む、母親が働きに出る、子どもは小学校低学年のころから鍵《かぎ》っ子になる、家族揃《そろ》って食事をとれない、その埋め合わせのようにテレビゲーム、ファックス、三十四インチのテレビが家中にあふれる、そして成長した子どもは家を出る、一家は夫婦だけになる、ふたりの間に会話はない、妻はぼんやりと離婚を考えている——というようなことが全国的に起きているのだ。

家族たちはあふれる物のなかで隠れんぼしているようだ。父親はゴルフバッグに、母親は通販カタログに、子どもはテレビゲームの中に隠れている。

去年の夏、私の父は家族全員が棲むだろうと考えたのか、豪邸を新築した。父の案内で見てまわると、居間や廊下にまるで漂流物のように生活用品があふれていた。帰ってこようとしない妻や子どもたちの人質だと考えたわけでもあるまいが、大型冷蔵庫の中には肉や魚介類や野菜がびっしりと詰め込まれていた。だが夥《おびただ》しいものたちが家族に取って代わりはしない。

家族は在るものではない。放っておけば時間とともにどんなふうにでも変形してしまう。父は必死にわが家のあるべき姿を彫塑《ちょうそ》しようとしたが、手遅れだった。父は下手くそな家族の造形作家だったのだ。

今でも私のために用意された部屋は空室のままだ。あれほど「帰っておいで」と、頻繁にポケベルを鳴らしたのに、もう鳴らない。

総理府の調査では、日本人の七割が中流意識をもち、現在の生活に満足しているという。だが——、家族は静かに崩壊してゆく。

父からの送金

半年前、父からの送金が途絶えた。

父と母は十六年前に別居し、私は母のもとで暮らしたのだが、そのときから父は毎月欠かさず二万円ずつ、私たち姉妹の預金口座に振り込みつづけていた。

妹と原因をいろいろ推測したが、私の男性とのつきあいを書いた文章と、妹が全裸で出演したVシネマを何らかの情報で知って、我慢ならなかったに違いないという結論に達した。今まで親子の縁を切ると口に出したこともあったが、これが父にできる唯一《ゆいいつ》の絶縁の意思表示だったのだ。

そして私はこのことをエッセイに書いた。掲載号が発売された十日後、月末に家賃を振り込むと、残金が数百円になってしまった。電気料金、ガス料金の支払いはどうしよう。どうせ入っていないだろうと思いつつ、父が拵《こしら》えた預金通帳の残高を照会してみた。

すると入っている。二万円が――。私はコンビニエンスストアで支払いを済ませて、妹に電話した。

「お姉ちゃんのエッセイ読んだんだよ。私のとこも復活したもん。きっと、〈父娘のか細い絆《きずな》〉って書いたことが効いたんだね」

十一月に期日を半年遅れて外国人登録証の切り替えをしに、父の家の近くにある区役所に行った。用紙に父の生年月日を記入しながら、逢《あ》わなくなってどれくらいになるか考えた。一年近く、電話もしていないし、はがき一枚出していない。

手続きを終えたあと、父の家の鍵《かぎ》を持っていたのだが、家には寄らずに帰った。正月挨拶《あいさつ》に行こうか、いや、私はおそらく行かないだろう。いつかもう一度父と出逢えるだろうか？

父の万年筆

父は在日韓国人一世で、パチンコ屋の釘師《くぎし》である。

私は四人姉弟の長女なのだが、私たちが中学生になると、父から万年筆が贈られた。

今になって思えば、あの万年筆は何万円もする高価な品だった。

父が私たちに万年筆を渡すとき、決まってする儀式のようなものがあった。店に出かける直前に胸ポケットから万年筆を抜き取り、

「ちょっとこれで書いてみろ。どう？　いい具合だろ？　落としてペン先が曲がるとおしまいだからキャップはしっかりしめるんだよ。インクはね、同じメーカーの同じ色しか使っちゃダメ」

と時計を気にしながら机からインク壜《びん》を取り出して渡すのだった。自分の使い古しの万年筆を、ただ、くれるという素振りだったが、決してそうではなかった。なぜならその翌日には同じ万年筆がちゃんと胸ポケットに収まっていたからだ。

父は日本語の読み書きができないので、万年筆を使う機会など滅多になかったと思う。しかし文字や書物に対する憧《あこが》れは強く、資本論や論語など、やたら難しい書物で棚を埋め尽くしていた。そして机の引き出しにはさまざまなメーカーの万年筆が宝石のように並んでいた。

小学生の私は、家に誰もいないとき、父の本を開いて読んだり、引き出しの中から万年筆を取り出して習いたての漢字を書いたりしたのだった。

父は私が戯曲を書きはじめると、劇場に芝居を観《み》にくるたびに万年筆をくれるようになった。妹に「また美里に万年筆をとられたよ」とうれしそうに語っていたそうだ。

父が万年筆を贈ることで私たちに教えたのは、ほんとうに必要ならば、一流品を使えということだった。見栄《みえ》っ張りで頑固な父は本物とは〈見栄《みば》えと、その美を守るための頑《かたく》なな職人芸にこそある〉と教えてくれたのだ。

私が万年筆を使うのは、手紙やメモ、私事だけにである。ラブレターや日記をワープロで打つひともいないだろうが、私は父の万年筆で何かを書くたびに、秘め事、という思いが滲《にじ》み出る。

今まで父からもらった万年筆は五本——、うち三本は失《な》くしてしまった。おそらく五、六万はするだろうに、うっかり電話ボックスの中や、原稿書きに行った旅館に置き忘れてしまった。家に帰って失くしたことに気づき、半狂乱になって問い合わせてはみるものの、見つかったためしはない。

万年筆を失くすのは、ワープロなどとは違って、時を失くすことであろう。私にとっては父の愛情を——。

夏の海

私は今まで五本の小説を書いたがいずれも季節は夏、戯曲も十本のうち六本は夏を舞台にしている。

岸田戯曲賞をもらった『魚の祭』の冒頭シーンは、父親が家族にカメラを向けるところからはじまる。

父親は断崖《だんがい》の上に家族を並べ海を背景にして写真を撮っている。構図のために後ろに下がるよう指示するのだが、子どもたちは恐怖で身を竦《すく》ませる。父親は執拗《しつよう》にもう少し後ろへと命令する。末の男の子は泣き出し、母親は「もうやめて」と懇願する。その瞬間父親は、「はい、みんな笑って、チーズ!」とシャッターを切るのだ。

私の父は一時期写真狂だった。夏休み遠くの海に遊びに行き、楽しかった思い出をフィルムに焼きつけるというのではなく、写真を撮るロケーションに適した場所に連れて行き、私たちに遊ぶ間も与えずシャッターを押しつづけた。

しかしアルバムの中の夏は、妹と手を繋《つな》いで撮った写真を最後にして途絶える。母はこの年の秋から生活苦のためにキャバレー勤めをはじめ、二年後には私と下の弟を連れて家を出るのだ。

父は崩壊しかかっている家族を写真の中に閉じ込めて置きたかったのかもしれない。アルバムに収められた家族の写真を見ると、いつも私の内で父の切迫した思いが波のように膨れあがる。

毎年夏が近づくたびに哀《かな》しくなる。頭上から陽射《ひざ》しに見抜かれているような気分になり、胸苦しくなるといってもいい。夏至に生まれたせいもあるかもしれない、ひとは皆、生まれた季節に懐《なつ》かしさというか感傷を抱くものだろうか。私は父のほんとうの生年月日を知らないのだが（母によれば、韓国から渡ってきたときに年齢、名前さえ偽ったのだという）、もしかしたら父も夏に生まれたのではないか、と密《ひそ》かに考えている。

私はこの十数年プライベートな写真を撮っていない。家族と写した古びたアルバムのほかは、一枚の写真すら残っていないのだ。

私は空白のアルバムを埋めるために、もの書きになったという気がしている。

クビ

久しぶりに遊びにきた妹に思いがけないことを聞いた。

「こないだ、ママとハンメ（韓国語で祖母）とでさ、都筑《つづき》区の家に掃除に行ったのね、」

「え？　あの家に？　ママが？」

「あれ、話してなかったっけ？　ほら、家建ててもう一年以上経《た》つでしょ、棲《す》んでんのお兄ちゃんだけじゃん。汚いんだよ、ママがいい出したんだよ掃除行こうって」

私は絶句した。

わが家の事情を簡単に説明すると、父と母は私が小五のときから別居しているのだが、不思議なことに互いに長くつきあっている相手がいるにもかかわらず離婚に踏み切らない。おそらく不動産業を営んでいる母が父のたったひとつの財産である横浜の都筑区の土地を狙《ねら》って離婚に応じないのだろう、と私たち姉妹は踏んでいた。父は母の思惑《おもわく》には頓着《とんちゃく》せず何度も復縁を持ちかけ何度も拒絶された挙句、遂《つい》に一昨年の夏、その土地に念願の新居を落成したのだ。しかし、家を建てさえすればばらばらになった家族が集まるに違いない、という父の希望は脆《もろ》くも崩れ去った。上の弟以外誰も棲まないばかりか、寄りつきもしなかったのだ。この間の経緯は『フルハウス』という小説に書いた。ところがいっしょに棲むことを拒絶した新居に、母は月一回の割合でハンメと妹を連れて掃除に行っているというのだ。

「それがさ、こないだ掃除してたら、夕方きちゃったの、パパが」

「え？　それで、どうした？」私は目を剝《む》いて訊《き》いた。

「ママ落ち着いちゃって、あら柳さん、お茶でもいれましょうか、だって。さすがでしょ？」

　母は度胸の良さと鈍感さを併せ持ったひとで、子どものころ、私は何度もその胆力のある言動にほれぼれしたものだった。それにしても母は家が傷《いた》まないように管理しているつもりなのだろうか。父親が一家の再生を願って建てた家が〈物件〉にしか見えないに違いない。家中を舐《な》めまわすように値踏みしながら、掃除する母親の姿を想像すると、父には悪いが笑ってしまう。

　妹は月に一度は私の部屋にきて家族の動向を話してくれる。それは姉妹で家族の行く末を案じて心を痛めるなどというものではない。妹は飢えた動物に腐った肉を少しずつ与え、私は口から肉汁を滴《したた》らせて貪《むさぼ》る、といった趣である。妹は奇怪で悲惨な話であればあるほど、私の食欲をそそることを知っているのだ。新しい餌《えさ》が投げられた。

「パパがクビになりかけてることは話したよね」

私は目をぎらつかせて首を振った。

「そうだった？　何日か前パパ入院したの。クビをいいわたされた翌日だったかな、店に入ってきたヤクザに立ち向かって刺されたんだって」

父は横浜で先代の社長とふたりでパチンコ店をはじめ、釘師《くぎし》兼支配人として、十四、五店舗を経営するまでに成長させた。今の社長は先代の息子である。

「クビっていうのは」胃がきりりと痛む。この肉はどうやら腐りすぎているようだ。

「従業員の前でクビだっていわれたんだよ、パパは土下座して、お願いだから居させてくださいって頼んだらしいんだけど、社長は、おまえみたいな高給取りを雇うことはできない、クビじゃなくて定年だってせせら笑ったんだって。でもパパはつぎの日も店に出たんだよ。そしたらヤクザが暴れちゃって、この店には自分が必要なんだってとこを見せるために、取り押さえようとして、そしたら刺されちゃった」

通俗小説か劇画のような話だが、私にとっては母の掃除の一件とは異なり、ボディに強烈な一発を食らったような衝撃を受けた。父には退職金もなければ、年金もない、月々の新居のローンだって少額ではない。貯金もないだろうし、クビになればその日から即生活に窮《きゅう》するかもしれないのだ。それに弟は二十六歳にもなって大学に在籍し、バイトも一度もしたことはなく、父の金でテニススクールに通ってプロのプレイヤーになると公言している。

「本気かな、あの社長、パパをクビにする?」

遅かれ早かれ父はクビになるだろう、という予感がする。父は五十六歳である（ほんとうは六十を過ぎているようだ）。そして一流企業のサラリーマンと同じくらいの収入を得ているはずだ。パチンコの機械もコンピューター化が進み、釘で大きく左右する古き良き台は駆逐された。三十年間培《つちか》った父の技術は不要になってしまったのだ。妹は女優として食べていけないので駅前でティッシュ配りをしている。下の弟はファーストフードでバイトしながら極真空手に熱中している。母は雑居ビルの一室に〈平成興業〉という看板を掲げている。

新居を建てたとき、

「心配するな、生命保険をかけてあるからパパが死ねば借金はチャラになる。ちょっと高い墓のつもりで建てた」

といった父の言葉が川に墨を流したように頭をよぎった。

都筑区の我が父の豪邸は〈物件〉として、母の手入れを受け、バブル崩壊後もいまだにふつふつと泡立っている。

血とコトバ

私はアラブの盲目の詩人のように自家製の物語を密売しているのだ、と思うことがある。かつて母は生活のためにキムチを漬けて路上で売っていたが、私はホームメイドの物語を売っているのかもしれない。家族をモチーフにして戯曲や小説を書いてきたというより、家族は共犯者だとさえ考えている。

以前母がＴＶインタヴューで、

「私は何を書かれたってかまいません。骨の髄までしゃぶられたっていい。それがあの子の飯の種になるなら本望です」と語ったが、母もまた共犯意識を持っているのだろう。父と母が私をもの書きにするために家族をつくり、崩壊の物語を用意したのだと考えるほど傲慢《ごうまん》ではない。しかし両親によって虚構の世界に追い立てられたのは事実である。

家族という歪《いびつ》な小宇宙を解体して虚構として再生させることが、私にとっての習作《エチユード》であった。家族は私自身の生を読み解くために在ると考えてきた。鳥を見て、背後の空を見落としてはならないように、私はひとを家族から切り抜きはしない。頭の中で何度もエチュードを試みた後、戯曲を書きはじめたのは十八歳のときだった。

秋山駿《しゆん》氏に「ある作家は小説を頭で書き、ある作家は感性で書く。しかし、身体で書く、といった作家もいて、これがいちばん真実味を持つ。この作者にはその徴《しるし》が認められた」と評されたが、もし私が身体で書いているとすれば、身体に刻印されている家族について書かないはずはないが、家族間の愛憎や葛藤《かっとう》には興味がない。私は親や弟妹を愛憎の対象にしたことは一度たりともないのだ。そういう意味では家族に対して薄情なのかもしれない。

父が高額のローンを組んで横浜の都筑《つづき》区に新築した家の私の部屋と書斎は埃《ほこり》をかぶったままだし、月に一度の割合で訪ねてくる妹を除くと、もう二年も家族に逢《あ》っていない。

それでも私は決定的に家族と繫《つな》がっていると感じている。私たちは破滅を約束されているという確かな実感を持ち、互いが滅びてゆく様を痛ましい思いで凝視し合っているからだ。その視線は虚空《こくう》で絡《から》み、解けようとしない。私の身体に刻印されているのは視線によってつけられた傷痕である。家族に限らず、私が小説に登場させる人物は皆傷痕を持っているといっていい。

破滅を約束されている——、このことを説明するのは難しい。

父はパチンコ店の釘師《くぎし》兼支配人である。競馬に熱中し、僅《わず》かな生活費しか渡さなかったため、母はキャバレーで働くようになった。西区の家の二階に棲《す》んでいる父の姉、コモ（韓国語で父方の伯母）は、母にいわせればほんとうは父の実母ということだ。コモは近くの公園を無断で耕しキムチの材料である大根や白菜を栽培していた。

私が小学校五年のころ、私たちきょうだいは両親の店が閉まる深夜までゲームセンターで遊んでいることが多かった。そしてある日突然、母は私たちを愛人が運転する車に乗せて家出し、男が用意したマンションに移り棲んだ。一ヵ月ほどして上の弟と妹は父のもとに戻り、私と下の弟は母と暮らした。マンションには男が毎日のように通ってきて、食事をし風呂《ふろ》に入って十二時前に妻子のもとに帰って行った。

このように家族の崩壊は進行していき、私たちはジョルジュ・シムノンの小説の題名を借りれば『家の中の見知らぬ者たち』であり、また映画のタイトルでいえば、『逢う時はいつも他人』だった。

数えあげればきりがない家族の奇妙な物語は家の奥深くに隠蔽《いんぺい》されていた。今思うと不思議だが、私たちきょうだいはひと言も不満をもらしたり、反抗することもなく固く口を閉ざしていた。父の暴力が怖かったというより、現実として認めたくなかったのだ。目の前で起こっている出来事は、無視するより他に方法がなかった。小学校二年のとき、父に全裸にされ、車で見知らぬ街の公園に運ばれて置き去りにされたことがあるが、そのときでさえ一切の感情を閉じ込め、これは現実の出来事ではないと信じ込もうとしていた。そのころ誰もいない家で畳に耳を寄せると、海鳴りが聞こえた。海峡を渡ってきた両親は横浜の住宅街に〈辺境の居留地〉を築いたのである。私は物心ついたときから、辺境に棲んでいることを意識していた。私の身体には、〈路地〉でも〈郊外〉でもない〈辺境〉が徴《しる》されていたのだ。

私は家に相似するように自閉していった。在日韓国人という意味ではなく、私にとって居留地を一歩出た外の世界は異国であり、私は異邦人であった。外界での体験を家族に話すこともなければ、居留地の出来事を他者に口外もしなかった。私は異国と居留地両方のノイズに耳を塞《ふさ》いでいたが、それでも否応《いやおう》なくふたつの世界は私の内部で不協和音を立てながら鬩《せめ》ぎ合い、私の神経に変調をもたらした。精神科に通ってセラピーを受けても問題は少しも解決しなかった。私はふたつの世界を繋ぐコトバ、私自身のコトバを持つ以外に自我が安定しそうにないことを知っていたのだ。私はノートに日記とも呪詛《じゅそ》ともつかないコトバを書き連ねた。自分を取り巻く現実と同化できなかったので、自前のコトバで異化するしかなかった。コトバを持とうと突き詰めた結果、戯曲や小説を書くことに行き着いたのだ。

ドラマの語源であるギリシャ語の意味は〈混沌《カオス》〉だが、私の家はまさに坩堝《るつぼ》であった。家族全員が、外界とのズレから脈絡のなくなった生を持て余し、いつも微熱に浮かされているようだった。そしてわが家に渦巻いていた混沌こそが、私をもの書きとして鍛練しただけではなく、表現の源泉になったのだ。私が戯曲に立ち向かったとき、慣れ親しんだ坩堝を書いたのは当然の成り行きだったと思う。

だからといって私は家族をモデルにして戯曲や小説を書いたつもりはない。家族の物語を虚構として再構築すると、小説の中の家族は、私の現実の家族とはまったく異なった貌《かお》で姿を現したし、またそうならなければ小説とはいえないのだ。別のいい方をすれば、虚構の家族を書いたとしても、そこには私の家族のイメージが投影されている。

私は母方の祖父を中心に置いて、父方を含めた三代の家族の長編小説を書こうと目論《もくろ》んでいる。

祖父は、一九三六年のベルリンオリンピックで日本選手として走りゴールドメダリストになった孫基禎《ソンギジョン》氏と、五千、一万メートルでタイムを競った陸上選手であった。一九四〇年に開催されるはずだった東京オリンピックにマラソンランナーとして出場を確実視されていたそうだが、戦争激化のため幻に終わり、祖父の人生の軌跡は大きく捩《ねじ》れた。終戦直後に妻子を棄《す》てて日本に渡り、三年後に、どうやって資金調達したのかは不明だが、パチンコ店を経営するようになった。母は祖母、きょうだいとともに祖父を捜して密入国同然に来日し、二年後に再会した。そのとき祖父には日本人妻との間に息子までいたのである。祖母は出奔し、母たちは成人するまで日本人妻の家に同居するという過酷な暮らしを余儀なくされた。なぜ祖父は祖国と家族を棄てて日本に渡ったのかという私の質問に対し、母は、共産主義者だったので亡命したのだといったり、ときには声を潜め、実は麻薬の密売人で身の危険を感じて逃亡したのだと説明した。祖父は一九七八年に一切を清算して、単身帰国し市民権を取得して、ソウルオリンピックの八年前に死んだ。

この素材はノンフィクションとして書いても十分ドラマティックな作品になり得るかもしれない。単に一冊の著作物を生み出すためなら資料を集め関係者にインタヴューしてまとめるほうが楽だろうが、私にとって書く行為は事実を記録することではない。リアルなものは事実の中に存在しないと考えているからこそ、小説を書くのである。現実をいかがわしいものとして拒絶しているからこそ、コトバでリアルな世界を築きあげたいという欲求に衝《つ》き動かされるのだ。私はこれからも、視線の痛みを感じられる間は、家族を書きつづけるだろう。

私の家族の近況はこうである。

母は今でも男との半同棲《どうせい》をつづけ、父は家族の再生という儚《はかな》い夢を棄て切れず、離婚届けに判を捺《お》さない。

私のすぐ下の弟は二十七歳だが、いまだに大学生である。知る限りにおいてひとりの友人も、つきあった女性もいない。父がもう一度家族を呼び戻そうとして建てた新築の家にひとりで棲んでいる。アルバイトも含めて一度も働いたことはなく、妹の話によれば、プロのテニスプレイヤーになるのだと真顔で語っているという。おそらく大学を卒業することも就職もせず、これからも父に養われるに違いない。弟は静かに狂っていっているように思える。少なくとも現実を離陸し妄想の世界に向かいつつあることは確かだ。欲望が現実との接点を失えば、自我は崩壊する。

妹は売れない女優である。末の弟は、母とその愛人がバブル崩壊寸前に設立した不動産屋に勤め、極真空手だけを生きがいにしている。

傷痕が消え去ることはないし、滅びる者にも過去だけではなく未来が残されているのだ。血とコトバが脈打っている限り、私のホームメイドの物語はつづく。

産まない選択が母への復讐《ふくしゅう》

「女にとっての悲劇は、どんなに抗《あらが》っても自分の母親に似てしまうことだ」

といったのは誰だったろう。

このアフォリズムを小説化したのではないかと思わせるような、ぞっとするほど怖い短編小説がある。

男は女と結婚して、彼女の母親と同居する。男は最初に顔を合わせたときから義母に憎悪《ぞうお》に近い感情を抱く。下品な言葉遣い、卑《いや》しい食べ方、何もかもが神経に障《さわ》った。どうしてこんな醜悪な女から妻のように美しい娘が生まれたのか信じられない思いであった。遂《つい》に堪《た》え切れなくなった男は、義母さえいなくなれば妻とふたりだけの生活ができるのだと思い詰めた挙句に、だらしなく寝入っている義母を殺害する。殺したと思った義母は妻であった——というストーリーである。つまり男は妻と義母の〈顔〉を見分けられなかったのだ。

私はよく、妹や母を見知っている友人に、母とそっくりだといわれる。どう考えても似ているとは思えないのに〈瓜《うり》二つ〉だといい張られると、不愉快というより、録音された声が自分のものには聞こえないように、自分の顔を正確にわかっていないのではないかと思わざるを得ない。

今年の五月、NHK-BSの『世界　わが心の旅』という番組のために渡韓した。幻に終わった一九四〇年の東京オリンピックへの出場が有力視されていたという祖父の生涯を辿《たど》るという旅であった。

はじめて私の顔を見る祖父の友人たちから口々に、祖父にそっくりだといわれてしまった。私は若き日の祖父の写真を見て「ウーン似てますね」と率直に認めた。そして私の目から見ても祖父と母はよく似ている。それなのに母に似ているといわれることを承服できないのは、母よりは美しいはずだと自惚《うぬぼ》れているのか、それとも母への憎悪のせいなのだろうか。しかし私は意識下ではいざ知らず、正面切って母を憎んだおぼえはない。むしろ母を憎悪の対象にすることを怖《おそ》れていたというべきだろう。

私はこれまで母について小説やエッセイなどで繰り返し書いているので、重複するのは心苦しいのだが、母との関係を理解してもらうには過去の出来事をひと通り振り返るしかない。

母は私と年子の弟を妊娠すると、育児の負担を減らすために私を父の姉に預けた。母のもとに帰ったのは三歳になってからである。心理学的には、幼児期に母親と切り離されると何らかのトラウマ（精神的外傷）が生じる可能性が高いといわれている。母親が働いて、祖母が孫の面倒を見るというケースは少なくないが、私の場合は家を離れて、伯母一家（伯母は正式に結婚していたわけではないようだ。妻に逃げられ、ひとり息子がいる男と同棲《どうせい》していた）に預けられていたのだ。記憶に残っていないのでどのような思いでいたかは想像するしかないが、私が母に〈棄《す》てられた〉と無意識のうちに考えたとしてもおかしくはない。この話をすると、精神分析好きの友人は、私のような子どもは母親に「二度と棄てられまいとしてしがみつくか、母親との深い溝を意識するかどちらかだ」という。

幼稚園のとき、私は母が迎えにこない限り、先生が送ってくれるといっても絶対に帰ろうとしなかった。母がくる時間が少しでも遅れると、恐怖で身体が強張《こわば》り、おしっこをもらすことさえあったほどだ。今になって思えば母に棄てられるのではないかと過剰に反応していたのだろう。

母は私に、おそらく彼女が少女時代に空想したのであろう〈可愛《かわい》い少女〉のイメージを押しつけた。母親というものは多かれ少なかれ、自分の見果てぬ夢を娘に継がせようとするものだ。しかしそれだけではなく母は私を通して、〈みじめな娘〉であった過去の記憶を拭《ぬぐ》い去りたかったのだ。

母の母親、つまり私の祖母は朝鮮動乱を逃れて四人の子どもとともに日本に渡り、行方不明になっていた夫を捜した。そのとき母は五歳、祖母に連れられて乞食《こじき》のように各地を転々とし、二年間父親の消息を尋ね歩いた。ところがやっとの思いで再会した父親には日本人妻と息子がいたのである。母たちはその日本人の妻子と同居することになった。

五年後に祖母は子どもたちを置き去りにして家出する。以来日本人妻は母たちを虐《ぎゃく》待《たい》したのである。親子三人でスキヤキをつついた日も、母たちには食事すら与えなかったという。たまりかねた母の兄は近くの畑でさつまいもを盗んできて、きょうだいで茹《ゆ》でて食べたそうだ。学校に持っていく弁当も毎日さつまいも、ふたりの兄が新聞配達をして母と妹を養ったのだった。

母は悲惨な少女時代に幸福な少女像を思い描いたに違いない。その少女像を私に負わせることによって、過去の傷を癒《いや》そうとしたのだ。母は私にパーマをかけて、少女漫画のヒロインのような服を着せた。そして躾《しつけ》の厳しいお嬢様学校として名高い〈横浜共立学園〉の前に何度も散歩に連れて行き、「美里ちゃんはこの学校に入るのよ。そしてテニス部に入りなさい。いい、絶対にそうしなくちゃダメ」と繰り返し囁《ささや》いたのだった。私はパーマにしろ、レースひらひらのピンク色のワンピースにしろ内心は嫌でしようがなかったが、不満をぶつけることはできず、母のマスコット役を唯々《いい》諾々《だくだく》と演じたのである。その分だけ私は他者との関係を見失っていた。私の内的な世界は誰からも理解されないのだから（母親が理解してくれないのに誰が？）決して他人に自分をさらけ出してはいけない、そう思い込むようになった。

幼稚園のときにやらされた歯列矯正は苦痛以外の何ものでもなかった。母の頭の中には可能性のひとつとして私を女優にするというのがあり、美しい歯並びが大切だと考えたのだ。いずれにしろ、母はシナリオライターであり、私は彼女が創《つく》り出す虚構の登場人物だった。私は母親に限らず、親が子どもに犯す最大の罪は、ありのままの子どもを受け入れず、子どもをフィクション化することだと考えている。あるいは子どもに自分の過去の代償行為を求めることだ。母は私にそのふたつの首輪をつけた。私は鎖をしっかり握りしめていてくれさえすれば別にそれでも構わなかったのだが、しかしやがて母はその鎖を手放した。

父はパチンコ店の釘師《くぎし》兼支配人としてかなりの収入を得ていたが、家族に気まぐれに高級料理店のフルコースをご馳走《ちそう》したり、メイド・イン・イタリーやフランスの洋服を買い与えたりすることはあっても、月々に渡す生活費は五万円だった。そのため母がキャバレーで働くようになった。子どもたちをピアノやスイミングスクールなどの習いごとや学習塾に通わせたいというのが理由だった。私が九歳、妹が六歳、下の弟が三歳のときである。

夕食の支度をする時間はなかったので、母はキャバレーの近くの食堂に私たちを連れて行き、グラタンやラーメンを食べさせた。食事が終わると母はキャバレーに行き、私たちはバスに乗って家に帰るのであった。父に連れられてパチンコに行き、近くのファーストフードでハンバーガーを食べたあと、パチンコをしたり、パチンコ店が経営するゲームセンターで深夜まで遊ぶことも多かった。

八時、九時になり、妹と下の弟が長椅子《ながいす》に眠りこけている姿を見ると胸が痛まないではなかったが、私と年子の弟は黙々とインベーダーを殺戮《さつりく》しつづけた。父の車に乗り、キャバレーに母を迎えに行って、布団《ふとん》に潜り込むころには午前一時をまわっていた。

そうやってわが家の崩壊は静かに潜行していった。

私たちの目の前で母はあからさまに母親から女へと変身していった。やがて彼女は客とつきあうようになったのだが、平然と私たちの前で電話をかけたりした。それどころかあるときなどは、客である金持ちの初老の男との旅に、私たちを連れて行ったことさえあった。母はレストランで食事を注文する際、こっそりと耳打ちした。

「高いもの頼むのよ、何でもいいからいちばん高いやつを注文しなさい」

私たちはほんとうはお子様ランチにしたかったのだが、彼女のいいなりにどんな味だかわからない料理が運ばれてくるのを待ち、気まずい食事をした。私は何も考えないようにしたし、私にとって初老の男は見えない人間だった。温泉宿で私たちきょうだいの布団を並べて敷くと、母は男の部屋へ消えて行った。

母親が浮気相手の男との旅行に子どもを同行するという神経は、普通では考えられないことだろう。しかし母は筋金入りの現実主義者であり、確信犯であった。彼女は滅多に旅行などさせたことがない子どもを連れて行けば、大喜びするだろうと思い込んでいたのだ。他人のお金で贅沢三昧《ぜいたくざんまい》するのは得であり、得をすれば何であれ間違った行動ではなく、むしろ誇るべきことなのである。彼女にとって軽蔑《けいべつ》すべきは、貧さに堪《た》え武士は食わねど高楊枝《たかようじ》式に弱者の境遇に甘んじる人間である。この現実原則は彼女にとっては一種のイデオロギーとして確固たるものであった。母は常識など祖国より早くに棄て去っていたのだ。母は十年間、夫と子どもによって犠牲を強いられた女を、ものの見事に復権させた。

私が小学校五年のとき、母は私たちきょうだいを連れて家出した。高校の同級生だったAと店内で偶然再会し、やがて愛人関係になりAが用意したアパートに移り棲《す》んだのである。妻子がいるAは、土日にはアパートに泊まり、平日は会社からアパートに寄り食事をして深夜帰宅するという奇妙な半同棲をはじめた。私はそれから十六歳までの生活をほとんど記憶していない。先にあげた精神分析好きの友人にいわせると、「自分にとって不快な事実を記憶から排除した」のだそうだ。ともかくアパートがどこにあったのか、どんな暮らしをしていたのか何も思い出せない。

私はAの愛人として暮らす母を憎んだり非難してもよかったろう。しかし私は家では何の感情も見せなかった。学校での教師やクラスメイトとの関係は破綻《はたん》し、孤立したまま内的な世界が分裂し崩れ落ちないように必死で食い止めようとして足掻《あが》いていた。精神科医のもとに通っても何の効果もなかった。高校に進学すると、私はますます自閉していき学校に行かない日が何日もつづいた。何度も家出して、自殺を試み、未遂した。そして遂に一年の春に放校処分となった。

私が母に面と向かって反抗したのは一度だけだったかもしれない。高校を放校処分になり、劇団の研究生になったとき、ある男性から沖縄に行かないかと誘われた。私は研究生になるまでの三ヵ月部屋に閉じこもり誰とも口をきかなかった。研究生になってやっと自閉の扉を開き、陽光に身を曝《さら》したのである。その解放を確実にするために私は沖縄に行きたいと思った。母に告げると激怒して、叔母を電話で呼び寄せた。

「バカヤロー！」と叫んだ私に母は「バカヤローは愛情の裏返しなのよ、美里」と声をたてて笑った。未成年の娘が男と旅に出ることを許さないというのはしごく当然であり、彼女が私にした数少ない母親らしい振る舞いだったといえる。母と叔母は代わりばんこに寝ずの番をし、私が外へ出ないように監視した。

私の母への反抗は、私の性を封印しようとしていることに対する怒りだった。私はあのときはじめて女として母と対峙《たいじ》したのかもしれない。娘が母親と決定的に出逢《であ》うとすれば、性を通してであり、母娘が愛憎を切り結ぶとすれば性の相剋《そうこく》によってであろう。母はあのとき私の中に女、あるいは自分を見ていたのかもしれない。恐ろしいことに私は母の性を呪《のろ》いながら、母を否定できず、むしろ搦《から》めとられたのだ。ひとは同時にふた役を演じることはできない。彼女が母親と女の役を演じ分けようと精一杯努力していたことは認めざるを得ない。しかし結果としては女を選びつづけた。私が憎んだのは母の中の〈女〉の部分だったが、私の中でも密《ひそ》かに〈女〉は成長していたのである。私の怒りは、彼女が都合よく成り済ましている母親の役に対してであったが、私が剝《む》き出しにしている女に彼女の視線は冷ややかだった。私はあのときから性の放縦さで母を超え、超えることで母への愛情を完結したいと考えていたのかもしれない。

私は三歳まで母に棄てられ、それ以降十五歳まで母と同化することを願い、そして十六歳で自立した、というより家出したというべきだろう。沖縄行を止められて母に監禁されて以来、私は研究生のアパートを転々として家に寄りつかなくなった。母はAとのトラブルで、私のことにかまう余裕はなかった。久しぶりに帰宅すると、部屋中に灯油の臭《にお》いがたちこめ、話を訊《き》くとAと大喧嘩《おおげんか》して灯油を撒《ま》き散らし無理心中しようとしたと、泣き腫《は》らして充血した目をしばたかせた。そこには母親の仮面を剝《は》いだ、ただの女が縮こまっていた。

やがて私は戯曲を書くようになり、わが家をモデルにした芝居を上演し、エッセイや小説でも父と母のことを書きまくった。私が意識から排除しようとした一家の悲惨な過去は、なんと魔法のように書くための宝庫となって、ドミノ倒しのようにマイナス札がプラス札に一転した。

私はわが家の秘密の箱を開けたのである。

母はテレビのインタヴューでこう語っていた。

「娘の飯の種になるんなら本望です。何を書かれたってかまいません。骨までしゃぶられたっていい」

娘の母親に対する思いは多かれ少なかれアンビバレンツなものだ。母と娘、女と女が縺《もつ》れ合う。娘が男と性的な関係を持つのではないかと予感した母親がまんじりともせず娘の帰宅を待つ恐ろしさは、母親が娘によって自分の中の〈女〉を否認されたような気分にさせられるせいではないだろうか。だからこそ理不尽であっても、娘の中の〈女〉を拒みたいという衝動を抑えることができないのだ。母と娘として完結できるはずもないのに、女と女として向き合うこともできない——そこに母娘関係のほどけぬ愛憎がある。

おそらく私は生涯独身を通すだろう。少なくとも子どもは産まないと思う。私だけではなくきょうだいの中で結婚するものはひとりもいないのではないかと疑っている。それが家族がもたらした悲惨な過去と、父と母への復讐《ふくしゅう》かもしれない。もし私たちがひとりも結婚しなかったとしても——わが家の崩壊は終わったわけではなく、第二章、第三章と血が絶えるまでつづくのだ。

『家族シネマ』の原型

私はかつて舞台に立ったことがある、テレビにも出た、だが映画に出演したことはない。

今後もないといいきりたいところだが、まかり間違って私の小説が映画化され（何度か企画されたが実現されたためしがない）、プロデューサーか監督に「原作者も一カット出演しませんか」などとおだてられ出演する可能性は——、困ったことにあるかもしれない。何しろ十代半ばの一時、女優を志していたのだ。

私が役者として『東京キッドブラザース』という劇団に所属し、ロックミュージカルに出演していたことを話すと、皆一様にどのような反応をしたらよいか戸惑って奇妙な笑い声をたてたあと、話を逸《そ》らしてしまう。そういえば野間文芸新人賞を同時受賞した角田《かくた》光代さんも大学時代に役者をしていたらしく、しかも『東京キッドブラザース』の熱烈なファンで何作も観《み》つづけたという。研究生公演まで観ていたそうで、

「もしかしたら柳さんの舞台を観ていたかもしれない、パンフレットをとっておけばよかった」というのだから冷汗をかいた。

私は二作品に出演して女優の才能がないと気づき、十八歳のときに劇作家に転向した。ひとつのことをあきらめれば、別の何かを見つけられる場合があることを、このとき知った。それでもときどき講演や自作朗読の依頼が舞い込み、そのたびに断るのだが、「何いってるんだ、女優だったんだろ」という相手の胸の内が伝わってきて、「発音、滑舌、エロキューション、すべてダメなんです、それより何より、大勢のひとの前に立つとひと言も話せなくなってしまうんです」と平身低頭して謝らなければならない。

妹は、私と入れ替わりにキッドに入って、七、八年役者として活躍したあとフリーになり、現在はある芸能プロダクションに所属している。彼女はオールヌードで二本のVシネマに主演しているが、仕事はほとんどなく、駅前でティッシュ配りをして生計をたてているようだ。

今年の正月に放映された向田邦子《むこうだくにこ》原作、久世光彦《くぜてるひこ》演出のドラマ『空の羊』に、久世氏から直々に声がかかり出演することになった。

ドラマなど滅多に観ない私も、その時間はテレビのチャンネルを合わせて、今出る

か、つぎ出るかとドラマの進行そっちのけで目を凝らしたが、やっと登場した妹の台詞《せりふ》は、

「引っ越しの手伝いにきたわよ」

「何すんのよー」

たったふた言――、わずか数秒で画面から消えてしまい、ふたたび登場することはなかった。

番組終了後に、私と妹の共通の友人からファックスが送られてきた。

「愛里《えり》ちゃんが出演することを思い出して、テレビをつけたときにはもう後半になっていて、次女が流産するシーンでした。きっと前半に出ていたんでしょうね。愛里ちゃんどうでしたか？　そのうち再放送するでしょうからそのときは見逃しません」

彼女が観ているときに妹は出演していたのである。友人でさえも気づかなかったほどあっという間だったし、誰も妹だとはわからないようなどぎついメイキャップだった。

妹の話によれば、久世氏は撮影中スタジオで、柳愛里という彼女の名前を一度も口にせず、「柳美里さんの妹さん、はいカメラの前に立って」と妹さんを連発したそうだ。出演が決まって電話をかけてきたときの喜びで弾んだ声が耳に蘇《よみがえ》り、さぞ落胆し

ただろうと胸が痛んだ。

『家族シネマ』は『フルハウス』の続編として書いたものである。

家族というものは、ある種の虚構を演じ合って成立しているような気がする。特に私の父は、父親の役を演じようとしているとしか思えない。しかも私生児である父には父親像の原型《モデル》がない。父親とはかくあるべしというイメージが支離滅裂に浮かび、行動する。母や私たちきょうだいの前には、未編集のラッシュのような父親の断片だけが投げ出されるのだ。

もし私の家族が映画撮影という虚構の中で家族を演じてみたらどうなるだろう、という思いつきが『家族シネマ』を「いかに書くか」という方法論であった。虚構と現実のあわいに家族の実体を浮かびあがらせたかった。

もちろんこんなことが実際に起こったわけではなく、まったくのフィクションだが、もし私の一家に小説と同じ話が持ち込まれたら、皆出演するだろうと思わせるような狂気じみたものを持っている。

正月に、父がテレビのインタヴューに応じているフィルム（カットされて結局放映されなかった）を二度三度巻き戻して観た。オーダーメイドらしい新調の背広を着込んだ父は、自分が理想とする父親像を生真面目《きまじめ》に演じていた。私は見てはいけないものを見た気がしたが、それでもこみあげてくる懐《なつ》かしさと切なさを抑えることができなかった。

主人のいない庭

私の小説『フルハウス』は、父が三年前に神奈川県の都筑区《つづき》に建てた家を舞台にしている。実際に、父は離散していた家族を、新築の家を建てることによって呼び集め、家族の再生を計ろうとしたのだ。結果的に現在、部屋数が七つもある家に棲《す》んでいるのは上の弟と秋田犬のルイだけである。

私は家が落成してまだ電気もガスも通っていないときに三、四日泊まったきりで、一度も訪ねていなかった。三年ぶりにその家を訪れることになったのは、篠山《しのやま》紀信さんが「小説新潮」の巻頭グラビアに連載した百三十五人の作家とその書斎の写真をまとめた『定本　作家の仕事場』のためである。本来ならば、野上彌生子《やえこ》にはじまって吉本《よしもと》ばななが最後の頁《ページ》を飾るはずであったが、連載時に作家デビューしていなかった私を急遽《きゆうきよ》篠山さんが指名したのだった。

ところが私は狭いワンルームマンションに棲んでいて、書斎などと呼べるスペースはない。窓際《まどぎわ》にワープロ用のデスクを置き、本は小さな本棚と床に積み重ねてあるだけといった状態だ。

「父の家になら、わたしの書斎があるんですけど……」

「それがいい、『フルハウス』で撮りたい」と小説を読んでくれていた篠山さんが即座に決定した。

その日私は『定本　作家の仕事場』の版元である新潮社の編集者とともに家へ向かった。一度しか訪れたことがないので迷いに迷って、十五分遅れて到着したときには、もう篠山さんは家の中に入っていて、篠山さんに出迎えられる格好になってしまった。〈書斎〉は六畳の板間になっており、八畳の和室と繋《つな》がっている。壁一面につくりつけの書棚がある。そこには私の全著作物がきっちり五冊ずつ並び、私のインタヴュー記事などが掲載されている雑誌まで、五冊ずつ買い揃《そろ》えられていた。

マホガニーの大きな机と社長室にあるような革張りの黒い椅子《いす》——、おそらく父は「プレジデント」か何かに載った経済人の〈私の書斎〉を参考にしたのではないだろうか。

私は仕事場も〈虚〉ならば、私が作家であることさえフィクションのように思え、冷汗をかきながらの撮影だった。

撮影が終わり、一階に降りてベランダから庭を見てぎょっとした。

三年前に訪れたときは何もなかったのに、松や紅葉や椿《つばき》が植えられ、大きな石が配置され、石灯籠《いしどうろう》まで置かれていた。成金の豪邸の庭のミニチュアといった趣である。

「コワイ……」担当編集者の中瀬さんの口から思わずもれた言葉だ。

庭は棲んでいるひとの鑑賞のために存在するものであろう、主人のいない庭にはひとをぞっとさせるものがある。父はこの家に一度も泊まったことがない。この家を建ててからもそれまで棲んでいた狭く汚い西区の家に棲みつづけている。

主《あるじ》のいない書斎、主のいない庭——、庭を食い入るように眺めていると、父の声が聞こえたような気がして振り返った。

弟が立っていた。

「ごはん、食べる？」

システムキッチンの電気釜《がま》からシューシューと湯気が噴き出ていた。

柳美里をよろしくお願いします

私の父は三年前に五千万のローンを組んで一軒の家を建てた。家さえ建てれば、私や妹や下の弟といっしょに暮らせるようになり、二十年近く前から別居している母とも復縁できると思い込んだらしい。家が落成して三年経《た》ったが、棲《す》んでいるのはたったひとり、上の弟だけだ。

そして私はこの家をモデルにして『フルハウス』という小説を書いた。

父は、三十年間勤めたパチンコ店をクビになった半年前から、車の中に毛布と枕《まくら》を積んで移動生活を送っている。家にいれば、再就職のことや老後の生活など現実と直面せざるを得なくなるため、逃げているのであろう。

ある雑誌の撮影の日もやはり、父はいなかった。

しかし二階の仕事場での撮影を終えて階段を降りると、なんと、父が待ち構えていた。弟が知らせたのだろうか。

「さぁ、パンを買ってきたので、食べてください。それとも寿司《すし》でもとりましょうか」父は満面の笑みを浮かべて、四つの紙袋を逆さにしテーブルの上にパンを積み上げた。

父は私たちがパンを食べている間、世界の政治情勢や、日本がいかに荒廃しているかをひとしきり演説した後、二階から高級ウイスキーやブランデーの箱を抱えてきて、

「これからも、柳美里をよろしくお願いします」

と、撮影スタッフと編集者にひとり一本ずつ渡したのだった。

母の不動産屋

もう数年前のことだが、当時北鎌倉《きたかまくら》に棲《す》んでいた母の家を訪ねると、表札の隣に〈平成興業〉という看板がかかっていた。

「あれ、何?」

「不動産会社よ、みてて、いまにママ大もうけして、あんたにマンションのひとつでも買ってあげるから」と母は精気に満ちた顔を一層輝かせて胸を張った。
二、三ヵ月後に妹から母が大船に〈平成興業〉の事務所をかまえたことを知らされた。
「あ、そうだ、ママが電話ほしいって」と妹がいった。

大船の事務所に電話をかけてみると、「ハイ、ヘイセイコウギョウデス」驚いたことにその年の春、高校を卒業して朝鮮系の銀行に入社したはずの弟の声がした。

「何してんの、そんなとこで!」

「働いてるんじゃないかよ、バーカ。社長はただいま外出中」弟はガチャンと電話を切った。母が社長なら弟は専務か——、身長百八十センチを超える弟のニキビ面《づら》を思い浮かべ、悪い予感で立ちくらみがしたが、とやかくいう筋合いではないと躰《からだ》を建て直した。

小説を書きはじめた四年前から、あちこちの文芸誌に小説を書く約束をし、エッセイの注文も激増して忙しくなり、母と電話で話すのは年に二、三度の割合になった。妹によれば、〈平成興業〉は開店休業のような状態で、事務所で古着を売ったりしているらしかった。

今年はじめに芥川《あくたがわ》賞を受賞して、この半年間、日に平均三、四社の取材をこなし、依頼されたエッセイを書き、食事もままならないという日々がつづいた。そんなある日、「美里様。お忙しい毎日だと思いますが、元気に仕事をしていることと思います」という妙に改まった文面のファックスが〈平成興業〉から届き、数年前の悪い予感が的中した。その後につづく文面は、私が知ったらビックリして目を回すだろう優良物件が見つかった、ついては近日中に頭金を支払わなければならないので百万円用立てて欲しい、一割の利子をつけて返す——という内容だった。芥川賞の賞金は百万円だから、ことは簡単である。さっそく振込先をファックスしてもらい、銀行に出かけた。

意外にも一ヵ月後に母は金を返してくれた。一割の利子は忘れたようだが、私は感激し、母の言葉を二度と疑うまいと心に誓った。そうこうするうちに芥川賞受賞作『家族シネマ』がベストセラーにランキングされ、いままで手にしたことがないような額の印税が通帳に振り込まれた。

しばらく前、母からふたたびファックスが届いた。読者にはもうおわかりだろう、私が知ったらビックリする優良物件が見つかったのである。そして今度は気絶するほどの物件らしい、金額は――、もうこれ以上書きたくない。ほんとうに気絶しそうな金額で、しかも貯金通帳の残高とほぼ一致していたのである。

動産鑑定士、私はつい口に出してから深い吐息を吐いた。

Ⅱ

桜桃忌《おうとうき》

喫茶店で新聞をめくっていたら、《「桜桃忌」墓前祭ピンチ》という見出しが私の目に飛び込んだ。桜桃忌を主催していた世話人会が高齢化を理由に昨年解散し、四十年以上続けられた墓前祭と偲《しの》ぶ会の存続が危ぶまれているのだそうだ。

私が桜桃忌に行ったのは、高校を放校処分になり、ある劇団の研究生になったころだった。その後も、太宰《だざい》の小説を暗記できるほど読み返しているが、桜桃忌には行っていない。

その当時、鏡に映る私の顔の中には口があり目があり鼻があり眉《まゆ》があったが、皆ばらばらで何の纏《まと》まりもなく、失敗した福笑いのようだった。鏡の中に手を突っ込んで、私の顔をかき混ぜてぐちゃぐちゃにしてしまいたかった。私は、大口をあけてよく笑いよく食べる役者志望のひとたちを憎み、乳首のまわりに煙草《たばこ》の脂《やに》をつけた男を憎み、埃《ほこり》っぽい街の風景に塗り込められたひとたちの哀《かな》しい影を憎んだ。ほんとうはなんとか折り合いをつけて抱擁し合いたかったのだが、指を伸ばすと、途端にそれらは刺々《とげとげ》しくなり、私は触れることさえできなかった。そのくせ、独りでは眠れないので、ボストンバッグに歯ブラシと辞書を入れて、泊めてくれそうな家の扉を叩《たた》いてまわった。まったくあてがないときは、代々木公園で新聞紙を拾い集めて、それを体に巻きつけて、枝から落ちた蓑虫《みのむし》のような姿で眠った。誰もいない眠りの中で頬杖《ほおづえ》をつき物思いに耽《ふけ》るひとがいた。新聞紙が風に吹かれてカサコソいうたびに私の耳元でボソボソ呟《つぶや》くひとがいた。私は目を開けていたのだが、彼に背を向け眠ったふりをして、彼の津軽訛《なま》りの呟きを聞いていた。

「死ぬ気で呑《の》んでいるんだ。生きているのが、悲しくってしようがないんだよ。わびしさだの、淋《さび》しさだの、そんなゆとりのあるものでなくて、悲しいんだ」

瞼《まぶた》を閉じると、彼のはにかむような笑顔が水底に沈んだ仮面のように浮かびあがる。

――私は独りではない。私の中にはしっかりと太宰が棲《す》みついていた。

六月十九日、三鷹《みたか》の禅林寺に行った。私は木の陰にたたずんで、彼の墓の前で手を合わせサクランボや花を供える少年少女たちを、睨《にら》みつけていた。なんだか、とても不愉快だった。偲ぶ会の最中に、盆に載ってまわってくるサクランボは、墓に供えられていたモノ。寺男は、「墓の前に置きっぱなしにしたら腐っちゃうからね」とくしやくしゃに丸めたチリ紙のような笑い方をした。私は手渡された酒を一気に呑《の》み干し、もう一本もらった。彼の弟子と称する老人が壇上に立ち、「ここに集まっている若者には彼の文学のほんとうのところはわからないだろう」といった。焔《ほのお》のような感情が、私の内でぱっと燃えた。私は壇上に駆けあがり、老人のマイクを奪ってわめき散らし、意識を失い、倒れた。気がつくと、寺の中で眠っていた。「大丈夫？」小堀杏奴《あんぬ》さんが萎《な》えた草に水を注ぐような眼差《まなざ》しを私に向けた。私は恥ずかしくなってバッと起き上がり、謝りもせずにその場から退散した。空は暮れ悩んでいるようで、斜陽が微《かす》かに雲を染めていた。彼の墓には誰もいなかった。

「わびしいときはいつでもいらっしゃい」

私は頭を墓石に押しつけて、泣いた。

——その三日後の二十二日、私は十七歳の誕生日を迎えた。

今年の桜桃忌、雨が降ったら禅林寺に行こう。

夜の中の夜

私の声はときどき錆《さ》びついてしまう。

電話が鳴っても受話器をとることができない。こめかみがずきずきするほど心臓がどきどきするのだ。言葉、言葉、いろいろな言葉が乾燥機の中の洗濯物のように頭の中を飛び交うのだが、受話器をとる決心がつかないうちに電話は静かになってしまう。そのうち部屋の隅にある電話を敵のように憎むようになり、電話の息の根を止めるために料金を支払うのをわざと忘れる。

ひとと会うのが死にたいほど嫌なときがある。喫茶店のテーブルをはさんで、機関車のように煙草《たばこ》をふかしながらちぐはぐな会話を交わす。自分の話も相手の話も、小川のせせらぎのように私の耳の側《そば》を通り過ぎてゆく。耳の中にはどんな言葉も入ってこない。私は氷が溶けて味が薄くなっているアイスティーを飲み、相手は曇った視線を腕時計に落とす。喫茶店を出てひとりになると、熱して溶けた金属のようになっていた自分へのいらだちが、収縮して堅く尖《とが》り、私の内部に突き刺さる。ギザギザした眼差《まなざ》しで横断歩道を擦れ違うひとの顔、電車の吊革《つりかわ》にぶら下がっているひとの顔を眺めると、どれもこれも醜く薄っぺらに見えるので、自分の両目を潰《つぶ》してすべてを闇《やみ》にしてしまいたくなる。だからなるべく、ひとの流れに沿って歩くようにしている。かっちりした背広を着て一定の歩幅で歩いているサラリーマンの後ろ姿の輪郭は、中学校の授業中に2Hの鉛筆で書いた数式のように硬くくっきりして見え、何かを拾いながら歩いている浮浪者の後ろ姿の輪郭は、画用紙に描いた下手なコンテ画のように歪《ゆが》んでぼやけて見える。ひとの後ろ姿を見ると、私の中にある自分への怒りやいらだちが少し和らぐ気がする。

だから私は劇場のいちばん後ろの席に座るのが好きだ。劇場の空気が役者の悲鳴で白く変わる。ひとりの観客の背中が微《かす》かに揺れる。するとその隣に座っている観客はぴくりと頭を上げ、その後ろに座っている観客は逆に深くうつむく。あるひとの肩は震えはじめ、あるひとはきょろきょろしはじめる。

劇場の中には見えない糸が張り巡らされているのではないだろうか？　誰かひとりがその見えない糸に触れると、動いた糸が劇場の中のすべてのひとに触れるのだ。私はその無言の動揺の中に身を置き、いつも観客の後ろ姿を見つめ、そのひとが何を感じているのかをこっそり想像している。

私は劇場の暗闇が好きだ。

自分の書いた芝居のすべてのシーンが終わり、劇場のすべての照明がフェイドアウトされると、生きながら柩《ひつぎ》の中に閉じ込められ、その柩の中の暗闇が宇宙のように膨張してゆくような感じがして恐ろしくなる。ある種の精神病者の場合、無限に広がる宇宙空間の中の小さな一点に自分が存在するということが、なまなましい実感的な恐怖と空《むな》しさを感じさせるらしいが、それとよく似ている。違うのは、自分の心の奥に存在する闇の中に潜んでいるモノの正体を劇場の闇の中で見たように思い、矛盾するのだが、恐怖を感じると同時に安心することだ。

今日の都市には暗闇がない。数え切れないほどの街灯やネオンが夜を照らすからだ。街から追い出された闇は、さらに深くなって私たちの心の中に棲《す》み着いている。自分の心の奥に存在する闇から目を逸《そ》らすために、私たちは暗闇のない夜の街に出かけ、カラオケボックスに閉じこもる。あるいは炬燵《こたつ》の中に手足を縮めて、ありふれた恋愛ドラマや、陰鬱《いんうつ》な殺人事件のパレードがブラウン管の中を通り過ぎるのをぼんやりと眺める。テロや戦争で犠牲になった血だらけのひとびとの様子が映し出されても私たちはポテトチップスを食べる手を止めない。ブラウン管の中には闇がないので安心して見ていられるのだ。

自分の心の奥底を覗《のぞ》き込むのは恐ろしい。

もしも、永遠の匿名《とくめい》を与えられ魂のどこにも指紋がつかないのなら、強盗、強姦《ごうかん》、放火、殺人、法律で禁じられているありとあらゆることを犯そうとしない人間なんてひとりもいやしないだろう。

けれど、私はひとの心の奥底に沈んでいるのは忌《い》まわしく醜いモノばかりではないと思う。時間に拘束された現実の生活の中では決して思い出せない、優しくきれいなモノもその暗闇の中に存在するかもしれないと思うのだ。

イスラムの世界には「夜の中の夜」と呼ばれる夜があって、天上の扉が広く開かれ、壺《つぼ》の中の水が甘くなるという。劇場の暗闇の中で、私は自分の心の頁に書かれた消しゴムで消すことのできない文字を読むことができる。

劇場の暗闇は「夜の中の夜」なのだから。

婚前旅行

十日後に結婚式を控えている奈穂美と二泊三日の旅行に行った。

宿泊客は湯治にくる老人だけ、カラオケや土産物売場がない山間《やまあい》の一軒宿だった。

彼女とはミッションスクールで、中学、そして私が高校を一年でやめさせられるまでいっしょだった。私たちは同じクラスになったことはなかったが、なぜか仲が良かった。私が放校処分になった後、演劇をやりはじめてから会うこともなくなった。その奈穂美から突然電話がかかってきた。彼女はいきなり、「結婚するの」といい、切羽詰まった声で「結婚式の前にどうしても美里といっしょに旅行に行きたいの」といった。私は彼女の声に哀願するような不安の色を読み、「いいよ」といった。

私は奈穂美といっしょに家出をしたことがある。その日の朝、私は父に殴られた。父は大きな姿見を私の頭で割り、外に飛び出た私を車で追いかけた。そして先まわりをして車を止め、私の背中を的にして傘を槍《やり》のように飛ばした。

（父は粗大ゴミを漁《あさ》るのが趣味なのだ。そのときはぼろ傘の束を助手席に積んでいた）

私は飛んでくる傘を避《よ》けながら、逃げた。なんとか電車に乗ったが、ヒステリックな啜《すす》り泣きの発作に揺すぶられ、学校のある駅で降りることができなかった。私は頭の中で発車のベルの音を聞いた。ひどくゆっくり。白っぽい初夏のプラットホームをおしゃべりしながら歩く同級生と私は遮断された。電車は動きはじめた。ふと隣を見ると、奈穂美がいた。一度も喋《しゃべ》ったことはないが顔だけは知っていた。私は空いている席に座った。彼女も私の隣に座った。私は顔を隠すために窓に額を押しつけて、次第に速度を増す電車の振動音を聞きながら涙を乾かした。

切符を精算するお金がなかったので熱海《あたみ》のホームから飛び降り、線路を駆け抜けて、フェンスをよじのぼって街に出た。

そのことをきっかけにして急速に親しくなったのだ。

三時に旅館に着いた。私たちは荷物を置いて夕食まで散歩することにした。九月――、木々にはまだ葉がいっぱい残り、風のない暖かい日だったが、あたりには冷んやりとする透明感があった。私たちは川べりの細い道を歩いた。川の上を赤トンボがすべっている。奈穂美は私の肩に肩をぶつけ、女学生のように腕を組んできた。

「あっ、見て、きれいな色の芋虫」私は腕を振り解《ほど》いて、林檎《りんご》の花の萼《がく》のような淡い黄緑色をした芋虫を掌《てのひら》に乗せて、奈穂美に見せた。

私は小さいころ、いつもポケットの中に捕まえた毛虫や芋虫を入れていた。そのせいで顔や手足が腫《は》れあがり母に叱《しか》られたが、私はやめなかった。昆虫図鑑を広げ、芋虫をその絵に重ねた。蠕動《ぜんどう》して絵から抜け出し頁《ページ》の上を這《は》いまわる芋虫たちは、飛び出す絵本のようで楽しかった。そんな風にいじくりまわすので虫たちは数日で死んでいった。私は掌の上で震える衰弱した芋虫や、皺《しわ》んで黒くなった芋虫が好きでたまらなかったのだ。

石の上の陽だまりにシオカラトンボが止まっている。

「死んでる?」奈穂美は気がかりそうに訊《き》く。

「生きてるよ。ほら食べてる、蛾《が》を食べてるんだよ」

陽の光を羽いっぱいに負いながらシオカラトンボは蛾の頭を食べている。

私はシオカラトンボの尾に触れて、

「欲望を剝《む》き出しにしてるときって隙《すき》だらけでやばいね。食べてるとき……SEXしてるとき……虫も人も同じだな」

そういって五分も経《た》たないうちに、交尾をしたまま蜘蛛《くも》の巣に引っかかっているトンボを見つけたので、私はクックッと笑った。奈穂美は笑わなかった。蜘蛛の巣の糸は光に紛れて見えないので雌雄のトンボは宙に浮かんでいるように見えた。私たちは歩を緩めた。気をつけて見ると、虫たちがあちこちで交尾している。静寂が漲《みなぎ》っている――。私たちは息を引き取ろうとしているひとの病室に紛れ込んでしまったような気がして息を詰めた。交尾をしたまま飛ぶ蠅《はえ》――。トノサマバッタの雄は、ばねのある後ろ足を微《かす》かに動かしていた。

「もうじき死ぬんだよ。秋になる前に交尾をして、卵を産んで――」

奈穂美は物思いに強張《こわば》った顔を、尾を繋《つな》ぎ合わせたトノサマバッタに向けていた。

増築工事をしているので、別棟にある風呂場《ふろば》に行くには仮設廊下を通らなければならなかった。

扉を開けると、仮設の廊下のベニヤの床は無数の死にかけた蛾で覆《おお》われていた。蜉蝣《かげろう》に似た半透明の緑がかった蛾、茶色い絨毯《じゅうたん》のような毛がびっしり生えている蛾、白い掌のような白い蛾、どれも踏み潰《つぶ》されて片輪になっている。そして厚ぼったい羽をふるわせて気違いのように、通路を照らしている白熱電球に体当たりしている蛾の群れ――。前が見えないといってもいいくらいの数なのだ。私は掌にじっとり汗を滲《にじ》ませていた。

「目を瞑《つむ》ってついてくよ。いいでしょう」

私は目を瞑り、奈穂美の背中に顔を押しつけて歩いた。ブチップチュ――とスリッパの下で潰れる蛾、頬や髪にぶつかる蛾――。

子どものころから蝶《ちょう》や蛾は嫌いだった。白粉《おしろい》やアイシャドーのような鱗粉《りんぷん》が指につくので触るのも嫌だった。よく台所からマッチを盗み出し、原っぱに行って、幹の色や模様を真似《まね》て木の幹に貼《は》りついている狡賢《ずるがしこ》い蛾に、そうっと忍び寄りマッチを擦って、その羽を燃やした。膝《ひざ》が震えるほど興奮した。羽を広げたまま土の上に落ち、炎の中でめらめら踊る一枚の紙のように焦げていく蛾を見ていると、快感が一種の眠りのように広がり、すべての感覚が痺《しび》れた。

ところがあるときから、蛾を見るだけで肌が粟立《あわだ》つようになってしまったのだ。

暗くひっそりとした露天風呂に浸《つ》かって、「どうして私と旅に?」と訊くと、奈穂美はいきなり立ち上がって、「出よう」と明るくいった。そして振り返り、「あのとき、ほんとに死ぬつもりだった?」

一週間後に奈穂美は蛾の羽のようなウエディングドレスを纏《まと》った。私ははじめて見るようにしげしげと、披露宴の会場の入口で新郎と並んでいる奈穂美のいやに白い顔を見た。彼女は弱々しい影のような微笑を浮かべていた。

家に帰る電車の中で、なぜ彼女が私といっしょに旅行をしたいといいだしたかを考えた。

彼女は結婚をして新しい家庭を作る、そのことが恐ろしかったのではないだろうか？　そして、熱海までの幼い道行きを再現しようと――。私は交尾をしたまま蜘蛛の巣にひっかかっていたトンボを思い出した。

石は突然落ちてくる

ふいに手をあげてタクシーを止め、「さあ乗って」などというのは中年の男とどこかへ行こうというときだ。私は若い男とつきあうのは苦手なので、いきおいタクシーに乗り込むことが多く、いつの間にかひとりのときもごく自然にタクシーを止めるようになった。おまけに月に何度も深夜まで酒場で呑《の》むのでタクシーで帰ることになってしまう。

私の経験では、運転手はだいたいふたつのタイプに分かれるようだ。客が眠っていても喋《しゃべ》りつづける躁《そう》病タイプと、道を説明してもハンドルを握ったまま返事もしない鬱《うつ》病タイプだ。

私はどちらかといえば鬱病タイプのほうがありがたいが、おしゃべりな運転手に出会って、なるべく刺激しないように生半可に返事をしていると、かえって運転手のペースに乗せられて、降りるまで話し相手にさせられてしまったりする。

某大学の前でタクシーを拾った。

運転手に「大学生？」と訊《き》かれた。面倒なので「はい」と答えると、「何学部」と突っ込んできた。

「仏文です」

「おじさんの娘と同じだ。何年生」

「四年です」

「じゃあ、卒論大変でしょ」

私は高校中退なので、卒論がいかなるものであるかまったく知らない。

「何を書くの」

「あの……まだ……」

「サークルは？」

サークルを知らない私が答えに窮していると、運転手はテニスのサークルに入っているという自分の娘のことを話しはじめた。運転手の娘自慢を聞かせられながら、私はゆっくりと家路を転がされていった。

別の日、私はしたたかに酔ってタクシーに乗った。

「最近、結婚したらしいね」

「亜紀ちゃん、八代《やしろ》亜紀ちゃん。家、どこだか知ってる？」

口を開くと吐きそうなので、眠ったふりをするために、目を瞑《つむ》り呼吸を規則正しくした。

「は……はぁ」

運転手は急にハンドルをきり、左折した。

「ここだよ」車は動かない。「りっぱだろ」運転手は私が返事をするのを待っている。

私がうんざりしたように、「りっぱな家ですね」というと車は動き出した。

「タモリん家《ち》は見たことある？」

「い……いえ」

車はタモリの家に止まった。

「ここだよ」

「……へぇ」

「ここで奥さんと犬と棲《す》んでんだよ。あっ、猫だったかな？　子どももいないから寂しいんだよ。私んとこも子どもがいなくてさ……犬を飼ってるんだけどね……」

私のマンションに着いたとき、あたりは白々としていた。

こんな運転手もいる。

私が乗った途端、カセットデッキの録音ボタンを押し、「深夜三時五十分、新宿の区役所通りで女性をひとり乗せます」

私は怪訝《けげん》な表情で運転手の横顔を見た。運転手は蚊の鳴くような、うわずった声で、

「あぁ、すみません。会社で遠回りしてるって疑われると困るから、走る道を録音するんです。安心してください」

タクシー会社としては遠回り、万々歳ではないか——。

「今、目黒通りを直進しています。都立大の駅を左折、そのまま道なりに直進——」

これはまだましなほうである。

——夏の暑い日だった。タクシーの中は冷房がきいていた。道はすいていて、車は水の上をすべるようだった。

「ここでブレーキを踏むとどうなるか」といい、運転手は突然ブレーキを踏んだ。

どうやらまずい車に乗ってしまったらしい。私は身を硬くした。

信号が赤に変わった。

「ここでアクセルを踏むとどうなるか」

運転手は赤信号を無視してアクセルを踏んだ。私は運転手からなるべく離れようと、座席に背中を貼《は》りつけた。

運転手はしばらく黙ってフロント硝子《ガラス》の向こうの真っ青な空を睨《にら》みつけていた。

「石は突然落ちてくる」

私は驚いて天井を見て、

「ええっ、石が落ちてきたんですか」かすれた声で訊いた。

「石は突然落ちてくる」運転手は静かに繰り返しまた黙り込んだ。

私は背筋が寒くなった。息を殺して通り過ぎて去《ゆ》く車が影のように見えた。一刻もはやく目的地に着いて欲しかった。

目的地に近づくと運転手はふっと、五年前ふたりの子どもを連れて失踪《しっそう》してしまった妻のことを話しはじめた。そして何かを凝視するように目を据え、行方を捜したけれどどうしても見つからない、と他人事《ひとごと》のように話した。

世の中でいちばん偉そう……

私は十五歳のときに高校を放校処分になって次の年に劇団に入り、世代が違うひとたちに混じって仕事をするようになった。ああ大人だなぁ、と感じたのは彼らが気軽にタクシーに乗り込む姿を見たときだった。稽古《けいこ》が終わって外に出ると、演出家はさっと右手をあげてタクシーを止めて颯爽《さっそう》と乗り込み、走り去っていった。何かの折にそのことを話すと彼は「そういえば、ぼくも若いころ、寺山修司が本屋で値段も調べないで何冊も本を買ってタクシーに乗って帰るのを見て、いつかああなりたいなと思ったよ」というのだった。

自分の車を持っているひとに対しては、そんな気持ちは持てなかったのだから、不思議だ。いざ大人になってみると、支出でいちばん多いのはタクシー代である。何も大人ぶってとか、タクシーを乗りまわせるのがうれしくてそうしているわけではない。つい、そう、つい利用してしまうのだ。

この間タクシーに乗ったときに運転手から、深夜の六本木で、夏休みの間テレクラで大金を稼いだ女子高校生四人を青森まで乗せて帰ったという話を聞いた。青森まで五万円だというので驚いたが、その直後友人と伊豆《いず》に旅行することになって、もともと経済観念が欠如している私は、タクシーで行こうと提案して呆《あき》れられた。

「青森まで五万円で行くんなら、伊豆までだったら大したことないと思うけど」

「バカ！　青森までタクシーで行ったら二十万以上かかるわよ！」友人は呆れを通り越して怒り出した。

ひとり五万ということだったのかなぁ、まぁ、そうだろうな。

伊豆には電車で行くことになった。

世の中でいちばん偉そうにしているのは運転手だと長いこと思っていた。気の強い友人がいて、タクシーに乗るたびに運転手と衝突するという。わざと遠回りする、〈田町〉といったのに〈田無〉と聞き間違えて、うつらうつらしていると、とんでもないところを走っていたというようなことでだ。途中で乗り換えたり怒鳴り合いにまでなって交番に直行したりするそうだ。

私の場合は逆で、卑屈なほど低姿勢になってしまい、「あの近くで申し訳ないんですけれど」と後部座席の隅で小さくなる。道はどうしますかと問われれば、「おまかせします」の一点張りで無事に到着することを祈るしかないといった按配《あんばい》だ。

行く先をいうと「やっぱり」と運転手にいわれたことがある。「えっどうしてですか」と訊《き》くと、車を寄せるときに行き先を推理するのだそうだ。

「最近は短距離が多いし、そんなことでもして楽しみを見つけなきゃ、やってらんないよ」

ここまでくると話し込むことになる。あとで話しかけなきゃ良かったと後悔してみても時既に遅しだ。

「そういえば昨日、このカップル、ラブホテル行きだなと思ったんだけど、A墓地っていうんですよ、それも真っ暗なとこで止めろっていうから……そりゃお客さんだから止めるよ、止めるけどどうするのか心配でバックミラー見ると、女の子は上半身裸、男が私に、その分の料金は払うからちょっと外出てくれるっていい出すから、頭きて、交番の前で止めて突き出してやったよ、ひどい話でしょ」

「はぁ……」

返すべき言葉が見つからなかった。

友人がニューヨークのケネディエアポートからタクシーに乗ったとき、運転手が自分はダイアン・レインの父親だと名乗ったそうだ。

「妻と離婚したので、今はいっしょには暮らしてないが、娘であることには変わりない。日本でも有名かい？」

運転手は振り返ってウインクした。友人は嘘《うそ》だと思ったが気のいいひとだったので、マンハッタンに着いてコーヒーショップに入り意気投合して連絡先を教え合った。帰国して半年ほど経《た》ったある日、運転手から突然電話がかかってきて、今映画のキャンペーンのために来日した娘と帝国ホテルにいるというのである。

帝国ホテルに行くと、スイートルームに彼とダイアン・レインがいた。テーブルの上にはワインが何本か冷やしてあり、ルームサービスの料理が何皿も並べてあった。友人はダイアン・レインに着ているシャツの背にサインしてもらったり、並んで写真を撮ったりしてハリウッド映画に出演しているような気分を味わった。帰る時間になってエレベーターの前まで送ってもらい、友人はおもむろに訊いてみた。

「もう運転手はやめたんでしょうね」

彼はこう答えた。

「なぜやめなきゃいけないんだ？　それが私の仕事だ」

あなたのメッセージを

私はひまなとき、〈伝言ダイヤル〉に電話する。ソファーの上で仰向けになり、コードレスフォンで右の耳を塞《ふさ》ぐ。数分前、数時間前、数日前に吹き込まれた男の声は、海岸で拾った巻き貝の螺旋《らせん》の中の波音に似ていて、遠い。私の頭はうっとりとひきしまる。

「えー、もしもし？　思いっきりひまな社会人なんですけど、今年で二十歳《よじ》になります。誰かいっしょに遊びませんか？　多分、会ったらね、君の腹を捩らすことができると思います。うん、まぁね、クールな奴《やつ》なんだけど、人、笑かすのが好きなんで、まっ、こんな俺でよかったら、いっしょに遊ぼ、ね、じゃ」

いつも、ザザーッという雑音が混じっている。時にその音は波のようにうねり、男の声を掻《か》き消してしまう。

波間に見え隠れする浮標《ブイ》のように、男の詰まったような息づかいだけが聞こえるときもある。私は録音された声であることを忘れ、「もしもしもしもし」を繰り返す。

〈伝言ダイヤル〉のことは、女優のY子に訊《き》いて知った。

開演中の楽屋で、Y子は弁当を食べていた。

「電話しても、いつも留守電だけど、何してるの」

「〈伝言ダイヤル〉って知ってる？」

「何、それ」

「渋谷《しぶや》とか新宿で配ってるティッシュに書いてあるやつよ。男からの伝言を聞いて、いいと思った男に条件とポケベルの番号を吹き込んで、ポケベルが鳴ったら、電話して待ち合わせするってわけ」

「条件って――」

「まぁ、五万が相場だろうね」

二十歳になったばかりのY子があっけらかんといった。

「待ち合わせ場所に行って、気に入らなかったら、知らん顔して帰っちゃえばいいの」

弁当を食べ終わったY子は、ティッシュで口を拭《ぬぐ》い、化粧をはじめた。

「あぁはぁはぁはぁ、あぁ、はっはぁはぁ、君のオマンコにいっぱい入れて、はぁはぁはぁあぁ、オチンチンを、はぁはぁ、気持ちよくしたい、はぁはぁはぁ、年は、あぁ、二十二歳です、あぁはぁはぁはぁはぁ、あぁ」

「四十歳の単身赴任の男性です。休みの日は何もやることがなかったりします。たまにゴルフとか……仕事は航空関係です……」

「もしもし私は身長一メートル八十センチ。顔はまぁまぁ二枚目のほうだと思います。年収は一千万以上いただいております。私は思いっきりイジメて欲しいM男です。思いっきりイジメてくれるおばさま、いらっしゃったら、ご連絡お待ちしております」

私は受話器を置いたときに、『パリ、テキサス』というヴィム・ヴェンダースの映画を思い出した。離別した妻と男は、個室で女の裸を見せる店で再会する。男と女の間はマジックミラーで隔てられていて、女の方から男の姿は見えない。服を脱ごうとする妻に、男は「やめてくれ」といい、妻は「いつも鏡の向こう側にあなたがいると思っていた」と呟《つぶや》く。

受話器を通してでしかコミュニケーションできないのだろうか。肌と肌を接しながら交わされる、あるいは公園や喫茶店で一メートルの距離で交わされるはずの誘惑の声さえも、孤独な長距離ランナーのような電波に変え、何万メートルも走らせ、さらに音波に戻して相手に伝えるという仕掛けを必要としているのだ。留守番電話の普及とともに、性的なたくらみも、伝言ですませる時代になってしまった。彼らは、気に入ってもらえなければ無視されても一向にかまわないのだ。〈伝言ダイヤル〉に吹き込まれた男の部屋に電話すると、留守番電話になっているのではないだろうか。

「ピーッという発信音の後に、あなたのメッセージを入れてください」

恐怖の〈るすでん〉

外出先から部屋に帰ると、私はまず電話の点滅している赤い留守録ランプを見る。そしてゆったりとした寝巻きに着替え、キオスクで買った週刊誌を読むためにソファーに横になる。一、二時間うとうとし、風呂《ふろ》にお湯を入れる。服を脱いで湯船の中で本を読む。風呂から出るとワープロの電源を入れて仕事をはじめる。それから電話の視線を意識しながらワープロのキーを叩《たた》くのだ。夜明けの強張《こわば》った光の中で、目覚し時計をセットしてベッドに潜り込む。

電話の用件を聞くのは翌日、外に出てからだ。喫茶店や電話ボックスの中からではなく、用件が聞き取りづらい雑踏——駅のホームなどを選んで、私は怖々と受話器を耳に押し当てる。銃口をこめかみに押し当てて自殺するひとのように——。

私は（電話を発明した）ベルを憎んでいるといってもいい。電気も流れなくなるような大不況が訪れて、行灯《あんどん》の下で便箋《びんせん》や葉書に文字を認《したた》め、用件を伝え合っていた時代に還《かえ》らないものかと思ったりもする。

留守電は編集者の方々からのメッセージがほとんどだが、ときどき聞き覚えのない声が吹き込まれている。

「○○図書館のTと申します。『スカートの中の風』というのはあなた様の著書じゃございませんでしょうか？　えー、もし著書じゃなくても、一度できましたらお電話をいただきたくて、ご連絡いたしました。電話番号は私の自宅、××××―××××に。えー、夜九時以降でしたら間違いなく家にいますので、お電話下さい。よろしくお願いいたします。あっ、あのポケベルも持ってます。番号は――」

図書館に勤めているなら『スカートの中の風』の著者など簡単にわかるはずだ。それに図書館にではなく、自宅やポケベルに電話しろというのが怪しい。私はこのTという男《ひと》を尋常ではないと判断した。電話をかけて、その図書館の館長にことのあらましを説明し、「公的な仕事なのに、私的な電話番号に電話をくれというのはどういうことなんでしょうか？」といってみようかと思ったが、「Tという人はこちらには勤めていません」といわれる可能性が高いのと、もし勤めていた場合、Tに逆恨みされたら怖いので思い留まった。

○県在住の〈いのちの電話〉相談員のIという女《ひと》からのメッセージは最初、「〈自殺〉というテーマでシンポジウムを行なうので、是非柳さんにパネラーとして参加して欲しいと思いまして」という事務的な調子だったが、翌日から「辛《つら》く哀《かな》しい子ども時代を過ごした柳さん」と私に語りかける調子に変わった。私は断わりの葉書を速達で送った。届いたはずなのだが電話は途切れない。「毎日、あなたの姿を思い浮かべて眠ります」「ひと目でいいから会いたい」と――、微《かす》かに痙攣《けいれん》した声を吹き込むのだ。電話だけではなく、三日とあけずに六通の手紙が（速達で）届くようになった。

はじめてお便りします。昨日と今日、〈るすでん〉に二～三度用件を吹き込んでいます。あなたの書いた戯曲を読んだり、雑誌ｅｔｃであなたのことを知るたびに、是非一度お会いしたいと思っておりました。

ねるとん紅鯨団の集団見合いで「ゴメンナサイ」と断わられた男の子はこういう心境なのかと味わっているところです。明日よりオーストラリアに行ってきます。レズビアンカルチャーに触れてきたいと思っています。「ゴメンナサイ」のあとしつこく再度迫る男の子は必ずまた「ゴメンナサイ」と断わられるのですが、私はこうなれば、東京まででかけて行って「あなた」を連れてくるつもりです。ダダをこ

ねさせてください。○県のいい女、私の大切にしてきたもの、すべてをプレゼントしたいと思っています。明日天気になぁれ～

昨夜、オーストラリアから帰国しました。恐怖の〈るすでん〉はやめて、しばらくお便りで口説《くど》いてみることにしました。（中略）真のフェミニズムは性別を超えた共生という地平に向かっていると信じたいものです。

どうやってあなたの気持ちを動かすことができるだろうかと思案しているうちに、どんどん日が経《た》っていきます。これは東京へ直接足を運ぶ方がいいのだろうかと思ったり、もう一度心をこめてラブレターを書こうかと筆をとってみたり……。私にはあなたしか語る人はいないのに……。

〈るすでん〉の熱っぽい嗄《しやが》れ声から推測すると、年齢は三十代後半から四十代前半だろう。封筒の中には、草花の切手を貼《は》った返信用の葉書が必ず入れてある。この切手を彼女は舌で舐《な》めて貼ったのだろうか——。

私は最近マンションの前で立ち止まり、目を地面すれすれに近づけて警戒する小動物のようにあたりの様子を窺《うかが》ってから、部屋に入ることにしている。

現在、私の電話は死んでいる。電話の留守番機能が故障したのを機に、呼び出し音を消してしまったのだ。だからあの耳障《みみざわ》りな音はもう跳びかかってこない。

その代わり、ファックスがジージーッという不気味な音をたてながら、舌をのばすように……。

マンゴーをもらった話

「林檎《りんご》ください」私はパジャマのポケットから千円札を抜き取り、果物屋のおばさんに渡した。

「栄養つけなきゃダメよ」おばさんは他の店の店員の目を盗んで、林檎を入れたビニール袋の中に素早くマンゴーを突っ込んだ。

「え、あのぉ」私は、おばさんの唇からはみ出しているオレンジ色の口紅を見た。

「いいのよ」おばさんは左目でウインクした。私はお礼の言葉を口籠《くちごも》り、逃げるようにその場から立ち去った。しばらくの間、果物屋には行けないなと思いながらパン屋に向かった。ロールパン一袋（五個入り）をトレーの上に乗せてお金を払っていると、奥でパンを焼いていたおばさんが出てきた。

「ねぇ、パンの耳いる？」

私は後ろを振り返った。誰もいない。

「持ってきなさい。焼きたてのパンの耳だからおいしいわよ」とおばさんはパンの耳を透明なビニール袋に詰め込んだ。

マンゴーとパンの耳。どうしたことだろう。一日にふたりの他人《ひと》から食べ物を恵んでもらうなんて。夕闇《ゆうやみ》の中、縦縞《たてじま》のパジャマの上に綿の入った半纏《はんてん》を羽織り、素足に健康サンダルを履いた女が店に入ってきたら誰だってぎょっとするだろう。寝癖で燕《つばめ》の巣のようになった髪が哀れを誘ったのかもしれない。しかし、だからといって――。

「食べ物を我慢しても身に付けるものだけは一流品を買え」と父がいっていたのを思い出した。私たち家族は、今他人に話しても信じてもらえないほど貧しかった。卵かけご飯、味噌汁《みそしる》かけご飯などは上等なほうで、醬油《しょうゆ》かけご飯、お湯かけご飯などをよく食べた。父が生活費を全部競馬で擦ってしまうので、母が横浜橋という橋の袂《たもと》でキムチを売って生計をたてていたこともある。夏の海で父が撮ったきょうだい四人の写真を見ると、水着から覗《のぞ》いている肋骨《ろっこつ》が痛々しいほどだ。

父はいつも金縁眼鏡にロレックスの時計、サンローランのYシャツにアルマーニのスーツという出《い》で立ちで外出していた。そして私も三揃《みつぞろ》いのスーツに革靴という格好で小学校に行かされた。他の子は皆吊《つ》りスカートに運動靴だというのに――。弟はもっと悲惨だった。油で七三に固めた髪、三揃いのスーツ、赤い蝶《ちょう》ネクタイだ。私たちがイジメられた原因のひとつはそれだと思っている。

飢えていることは目に見えにくいが、ひどい格好をしているというのは一目でわかる。父は他人に同情されるのを極端に嫌った。他人に裏切られても危害をくわえられても嘲笑《ちょうしょう》されても平気な顔をしていられるのにだ。その父の血をきょうだいでいちばん濃く継いでいるのは私だと思う。

小学校三年生のとき、運動会の数日前に腕を骨折した。ブランコに乗っていて、同じクラスの男の子たちに後ろから突き飛ばされたのだが、そのことは誰にもいわなかった。私はクラス対抗リレーのアンカーだった。翌日のホームルームで担任の女教師が「柳さんが出場できないことほんとうに残念だと思います。でも先生は、放課後の校庭で柳さんが一生懸命リレーの練習をしてたの、見てたわよ。みんな柳さんの分まで頑張りましょうね」

ギブスで固められた私の右腕に同情の視線を注いでいるその女教師を激しく憎悪《ぞうお》した。机の中に入っている彫刻刀を咽喉《のど》に突き立ててやろうと思ったくらいに。

物をもらうのが苦手だ。「誕生日、何欲しい？」という質問は困る。欲しい物はあるのだが口にできない。執拗《しつよう》に訊《き》かれると、安価でとんでもない物の名前をいってしまう。同情心から物をくれるわけではなくても、その好意が耐え難いのだ。私は深層で、他人は皆私を裏切り、嘲笑し、危害をくわえる存在でいて欲しいと思っているのではないだろうか。そうでなければ落ち着かないのだ。

マンゴーは冷蔵庫の中でゆっくりと腐敗してゆく。大量の耳パンはテーブルの隅の果物籠《かご》の中で干涸《ひから》びている。一週間経《た》ち二週間経った。マンゴーは指で軽く押しても跡が残るほど柔らかくなってしまい、表面が皺《しわ》んできている。パンの耳にはところどころ緑色の黴《かび》が――。自分で買ったものは腐れば捨てるが、他人からもらったものは捨てづらい。

きっと私の格好が悪かったのだろう。これからは面倒でも顔を洗って髪を梳《と》かしてよそ行きの服に着替えて買い物に出かけることにしよう。でも、もし、それでも、卵屋のおばさんに地卵を、花屋のおじさんに萎《しお》れかかった薔薇《ばら》の花束を、ケーキ屋に、八百屋に、乾物屋に、文具屋に、魚屋に――。私が棲《す》んでいるマンションの隣はペットショップだ。ペットショップの主人が兎《うさぎ》の耳を掴《つか》んで差し出したりしたら――嗚呼《ああ》、考えるだけで恐ろしい。

――昨日、キオスクのおばさんに、自分が食べるために冷蔵庫で冷やしておいた板チョコを半分恵んでもらった。

煙の居場所

蝙蝠《こうもり》の因縁

中原中也《ちゅうや》が愛飲した煙草《たばこ》がゴールデンバットであることは有名である。

七銭でバットを買つて、
一銭でマッチを買つて、
――ウレシイネ、
僕は次の峠を越えるまでに、
バットは一と箱で足りると思つた。

私がはじめて買った煙草もゴールデンバットである。

もちろん自動販売機にはない。バットが置いてある店を捜して街をうろついたが、近所にはなかった。結局、JTに電話をかけて売っている場所を教えてもらった。

私は中学のころ、数学の教師が嫌で仕方なかった。授業の内容がちんぷんかんぷんだったせいもあるが、教室の後ろのほうの席ではほとんどの生徒が、居眠りをしたり、内職（他の授業の宿題やテスト勉強）をしたりしているのに、廊下に立たされるのは決まって私だけだったからだ。彼が「柳、何してる！」という怒声とともに飛ばすチョークは、必ず私の頭に命中した。抜群のコントロールだった。

あるとき、カンニングをしたという疑いをかけられて教員室に呼び出された。今日こそは徹底的に反論してやろうと身構えると、その教師は引き出しを開けた。引き出しの中にはゴールデンバットがぎっしり並んでいた。私は何となく戦意を喪失して、「私はしていませんから。第一カンニングしてたら、十八点なんてどうしてとるんですか」と頭を下げて教員室を出た。廊下に出た途端、ゴールデンバットのあの独特なデザインが頭の中でくるくるまわり出し、思わず噴き出してしまった。

あの先生も去年退職したらしいが、家に大量のゴールデンバットを買い置きしているのだろうか？

一服の場景

煙草を使っての遊びは、煙で輪を拵《こしら》えることがポピュラーだが、トリュフォーの『突然炎のごとく』の中の、火がついた方を口にくわえて、もくもくと煙をたてながら汽車の真似《まね》をしてふざけるシーンが印象に残っている。映画で最も数多く使用される小道具は何といっても煙草と酒であろう。

芝居はといえば、案外、煙草を使った名シーンは少ないようだ。男優が所在ないときに、つい煙草を喫《す》って、あまり感心できないことのほうが多い。どうして芝居は煙草を喫う名シーンが少ないんでしょうかね、と私はある演出家に訊《き》いてみた。

「そういえば、そうだなぁ。リアルすぎるからかなぁ。たとえばさ、舞台に動物が出ると、あまりにも生き生きしすぎて、浮いちゃうなんてことがあるでしょう。ぼくも台本のト書に指定してあっても、カットしちゃうことが多いな」といいながら、禁煙しているはずの演出家は無言で私の煙草に手を伸ばした。

演劇界にはヘビースモーカーが多い。

ある劇団の研究生になってはじめて芝居の稽古《けいこ》に参加したとき、私は稽古場に立ち籠《こ》める煙に驚いた。パチンコ屋の比ではないのだ。男優たちは皆、煙草を忙《せわ》しなく喫いながら自分の出番を待ち、演出家に名前を呼ばれるとジュースの空缶に喫いかけの煙草を落として立ち上がる。そして彼らは、稽古や仕込みやバラシが終わったとき、芝居の幕が降りたとき、何よりもまず煙草に火をつけるのだ。

私はヘビースモーカーではない。

私が煙草を喫うのは、ワープロを打っているときか、ひとと話をするときに限られている。男のひとがいう、仕事を為《な》し遂げて、まず一服というようなことはない。

仁侠《にんきょう》煙草

行きつけのBARのカウンターで呑《の》んでいると、隣り合わせになった見知らぬひとと話をすることがある。不思議なことに話しかけてくるひとは決まって煙草を手にしている。

あるとき、四十代後半の紳士然としたひとが話しかけてきた。そのひとは、今日の昼間、四日間入っていた留置場から出てきたのだという。彼は改札口を通るとき、切符の料金が不足していると若い駅員に背広の袖《そで》を摑《つか》まれ、最初は口論だったが、駆けつけてきた駅員たちと揉《も》み合いになり、警官に連行され、警察署で調書をとられたそうだ。

「そのとき、駅員を殴ったといえばよかったんですよ」

どうしてですか、と訊《たず》ねると、留置された三日後に連絡がとれた弁護士に教えてもらったのだが、殴ったといわなければ十日は留置された挙句、裁判になるのだそうだ。結局事実ではないが、殴ったということにして出てきたと、彼は手元まで火が近づいてきた煙草を灰皿に揉み消した。

そして留置生活を楽しそうに語った後、

「一日一回だけ、昼食のあとに喫煙が許されるんです。狭い部屋に二十人ほどの男たちが集められて、二本だけ煙草をもらえるんです」

一見してヤクザとわかる男や、暴走族らしき若い男といっしょにただ押し黙ったまま煙草を喫うのだという。大勢の人間とただひたすら煙草をふかすのは何となくいいものです。その煙草は税金でまかなわれるのではなく、留置場から解放されたひとたちが置いていくのです。私も警察を出たあと、近くの煙草屋で十種類くらい買って差し入れました、とそのひとが笑い声といっしょに羽毛のような煙を撒《ま》き散らした。

利煙草《ききたばこ》

私の友人は色々な種類の煙草を自宅に置いている。銘柄ではなく、紙巻、パイプ、葉巻、キセルなどをそのときの気分で楽しむのだという。風呂《ふろ》からあがって浴衣《ゆかた》を着たときなどはキセル、いうまでもなくギャング映画を観《み》るときは葉巻をくわえるそうだ。一度だけ彼とビデオを観たことがあるのだが、驚いたことに映画の中でビールを呑めば、冷蔵庫からビールを取り出してくる、ウイスキーを呑むシーンがあるとウイスキーを呑みはじめるのだ。

面白半分、私も喫わせてもらったことがあるが、キセルは案外軽くて、かすみのようなふんわりとした空気が咽喉《のど》ごしにいい。パイプも甘い香がして、酒でいえばコニャックのようなこくのある味わいがある。

「もう何年も前のことになるけれど、寺山修司さんがね、寺山さんのところに出入りしていた若い僕らが、自分の喫っている銘柄がいちばんうまいなんて話しているときに、現れたんだ。そして味なんかわかるわけがないというんだよ」

その友人はきざみをキセルに詰め込みながら話をつづけた。

「それで、いやちゃんとわかりますよ、と誰かがいいかえしたんで、目隠しをして煙草を喫って銘柄を当てようじゃないかってことになってね」

「で、どうだったの」

「三人が挑戦したんだけど、六本中、二本当てたのがたったひとり――。今ならわかるんだけどな」

「じゃあ試してみる？」

私がそういうと、紙巻、パイプ、葉巻、キセルならね、と友人は目の端に悪戯《いたずら》っぽい笑いを滲《にじ》ませた。

煙草の年輪

喫っている煙草でそのひとの性格を当てることができる、といい張ってきかない友人がいる。

たとえばメンソールタイプを愛飲している男性は、軽薄にして気取り屋、その上神経質だから、間違っても結婚してはならない、などとまことしやかにいってのける。

「女だったら？」そう訊くと、

「男性的にして繊細、大胆にして小心、間違っても——、あれ君サムタイム喫ってるの？　そう、いやぁ、今年の暑さは、ホント、半端《はんぱ》じゃないね」と誤魔化《ごまか》されてしまった。

性格がわかるというのは、いかにも眉唾《まゆつば》だが、人は多かれ少なかれ煙草を自己演出の小道具にしていることは間違いない。だから喫い方が醜くみえるひとは救いようがないように思えてしまうところがコワイ。

また喫っている煙草でおおよその年齢がわかるというのは事実である。ハイライトを喫っているひとは、四十代後半であることが多い。ショートピースなら五十代、六十代。

ハイライトを喫っている広告代理店の部長さんがこう嘆いたことがある。

「私がハイライトを喫うのを、どうして部長は外国煙草を喫わないんですか、という若い社員がいてね……私が喫いはじめたとき、和田誠さんのデザインで新鮮だったんだ……今でも洋モクよりもハイセンスだと思っているんだけどね」

そういってから、

「そういえば、私の父親がしんせいを喫っていたんだが、息子の私のほうが高級なものを買っていることに気がひけたことがあったな」

煙草だって、誕生、青春、老年、そしていつか寿命が尽きるのだと思うと、哀《かな》しくもあり、いとおしくもある。

人生シネマの小道具

私は酒場ではウイスキーしか呑《の》まない。ビールは好きではないし、カクテルを注文する気にもなれないので、どうしてもウイスキーのソーダ割りかオン・ザ・ロックになってしまう。たまには小説の中にコニャックやワイン、マティーニなどを呑む人物を登場させたいと思わないでもないが、これまでその機会はなかったし、これからもないような気がする。理由《わけ》もなくそれらの酒が似合う男を嫌悪《けんお》しているからだ。

ある酒場のカウンターで、私の隣に腰かけていた初老の男が、ウイスキーで満たしたショットグラスをタンブラーの中に置き、その隙間《すきま》にミネラルウォーターを注いだ。そしてタンブラーに口をつけ一気に呑み干し、同じ方法を繰り返した。

私の視線に気づいた男は、

「試してみますか」と唇に笑みを浮かべた。

「水割りと同じなんじゃないですか？」と訊《き》くと、

「ぜんぜん違います。まあ試してみてください」

とバーテンに自分のと同じふたつのグラスを用意させた。

呑んでみると、水にくるまれたウイスキーが胃の中にすべり落ちていった。口あたりは水と変わりないが、しばらくするとウイスキーの香りが口いっぱいにひろがった。円熟した酒は水に似るといわれている通りの味わいだった。私はその呑み方を〈ウイスキー・ダイナマイト〉と名づけ、何度か試した後に、禁じ手にした。短時間でついつい何杯も呑んでしまうからである。

昔の映画に比べて、酒の呑み方に凝ったシーンが少なくなったのではないかと気になっている。それに、開高健《たけし》氏はエッセイで酔いを、「キラキラ輝やく霧のなかを漂っている」と表現しているが、見事な酔いっぷりをみせてくれる男性も少なくなった。残念なことだ。小説や映画の中だけではなく、人生においても、ウイスキーは大切な小道具のひとつである。

ふたり暮らし

猫と暮らして五年になる。

ある戯曲で、〈女が砂を掘ると、砂の中から黒猫が出てくる〉というト書を書き、舞台監督に黒猫を捜してくれるよう頼んだ。

舞台監督は数日後に、空気穴をあけた靴箱を抱えて稽古場《けいこば》に現れた。私はその中に入っていた埃の球のような生後一ヵ月の汚い仔猫《こねこ》を掌《てのひら》に乗せてみた。猫は、私の掌から果敢に飛び降りて、役者たちにじゃれつきはじめた。客席に逃げ込んだら困るのと、砂に猫を埋めるなんて残酷だという劇場からの反対があったのとで、猫を出演させることを断念した。

「保健所に連れて行きましょうか?」舞台監督が静かに訊《き》いた。

「車通りの少ないところに捨てればいいんじゃないの」主演女優は、缶詰を食べ終え、顔を洗う仕種《しぐさ》を繰り返している猫の尻尾《しっぽ》を握った。

その夜、私は猫をマンションに連れ帰った。ベッドに仰向けになると、猫は私の軀《からだ》の上に乗った。左胸の上に顔を乗せて、私の呼吸のリズムに呼吸を合わせた。

その日からクロと名づけたこの猫は私と暮らすことになった。三階なので外に出すことができない。予防接種を受けに病院に行ったとき、発情期になると外に出たがって鳴きわめきますよと獣医に去勢をすすめられた。マンションでは動物を飼うことを禁じられているので鳴きわめかれると非常に困る。去勢手術のときは、睾丸《こうがん》を取り出される様を目を逸《そ》らさずに見、局部を焼き鏝《ごて》で焦《こ》がされる匂《にお》いを嗅《か》いだ。

クロは私が放心していると膝《ひざ》に乗り、ワープロを叩《たた》きはじめるとワープロに軀を添え、テレビをつけるとテレビの上に乗り、トイレや風呂《ふろ》に入っていると引っ掻いて扉を開けてしまう。

私は五年間、猫と部屋の空気を分かちあってきた。

数週間前、ある事情で白い仔猫を預かるはめになってしまった。

白猫は、部屋の中に入った途端、フーッと背中の毛を逆立てて、クロを威嚇《いかく》した。

クロは五分の一程度の大きさしかない白猫に怯《おび》え、ベランダに逃げ、部屋に入ってこようとしない。白猫は私の軀に爪《つめ》をたててよじ登り、耳元でゴロゴロ咽喉《のど》を震わせた。クロは硝子《ガラス》ごしに私を視凝《みつ》めていた。そして終日ベランダで過ごし、餌《えさ》を口にしなくなった。名前を呼んでも振り向かない。

事情を説明して、白猫は預かったひとに返したのだが、クロは元通りにならない。いっしょに眠るために抱きかかえてベッドに連れて行ったのだが、布団《ふとん》に染《し》み込んだ白猫の匂いを嗅ぎ、部屋から出て行った。

クロは病気になってしまった。押し入れの中に蹲《うずくま》り、涎《よだれ》と鼻水を垂らし、どろんとした目で私を見上げる。

かかりつけの医者に連れて行った。

体重が一キロ落ちていた。人間のダイエットではない。五キロの体重が四キロに減ったのだから一大事だ。点滴を打ち、血液検査をした。

結果が出るまで、待合室で待った。

病院の前にベンツが止まった。運転をしていた中年の男につづいて、その男の妻らしい女が仔犬《こいぬ》を抱えて診察室に入って行った。

「珍しい犬でしょう。近ごろ、みんなゴールデンレトリバーだから、変わった犬を飼いたいということでペットショップに相談して、英国から届いたのがこの犬。日本じゃあまりいないでしょ」男はがさついた大声で自慢した。

「この種類は調教が難しいですよ。猟犬なんですけどね、獰猛《どうもう》で、イギリスでは獣医にいちばん嫌われてる犬じゃないかな」

「そう、こいつ噛《か》むんですよ。ぶったたくのにまったく動じないんだ」

「ぶっちゃダメですよ、それより――」

「そんなことより先生に診ていただきたいのは湿疹《しっしん》なんですよ。よその病院で予防接種をしたら、具合が悪くなっちゃって軀中に湿疹が出て毛が抜けてね。それで近所の人に聞いたら、ここが親切だっていうからきたんだけど」

「湿疹は飲み薬を飲ませて、軟膏《なんこう》を塗れば治りますよ」

「軟膏ってべたべたするやつ？　そりゃダメだ。うち絨毯《じゅうたん》なんですよ。べたべたは困るな」

「じゃあ、薬の入ったシャンプーを出しますので、毛を洗うときに」

「洗うんですか？」

「毛が長い犬だからたまには洗わないと」

「困るな、絨毯が濡《ぬ》れちゃって」

「拭《ふ》けばいいでしょ」

この男は遠からず犬を処分するに違いない。

クロの血液検査の結果が出た。

「腎《じん》不全ですよ。アメリカなんかでは犬猫にも腎臓移植をしてるみたいだけど、日本ではまだね」若い獣医は早口で、腎臓病食を食べさせ、薬を朝晩一日も欠かさずに飲ませなければ、死にますよといった。悪化したら定期的に透析を受けなければならないそうだ。

一週間分の薬、流動食、それを口に流し込むスポイトをもらった。一万五百円支払った。

私はクロの顔を覗《のぞ》き込み、涎と鼻水をシャツの袖《そで》で拭《ぬぐ》った。クロ、と呼ぶと口をあけたが、声は出ない。死がふたりを別つまで——、私はクロを抱きあげ、病院を後にした。

クロ逝く

飼猫クロの食欲がないので、好物——蟹肉《かに》、味付海苔《のり》、白子乾、煮干、鰹節《かつおぶし》、牛乳、またたび——をずらりと並べてみたが、申し訳程度に舐《な》めるだけで咽喉《のど》には通さない。何も食べなくなって三日目、近所の獣医に連れて行った。採血をしたところ、腎炎《じんえん》が悪化し、尿毒症の末期になっていると診断された。

「治療するという段階を通り過ぎてますんでね。入院して点滴を打つことも考えられますが、そうすれば何週間持ちますとはいえない状態なんですよ。昼、点滴を打ちにきて夜連れて帰ります。でもそれで延命できるかどうか、なんともいえませんね」

一瞬医者が何をいっているのか理解できなかった。半年前のように薬と注射で回復すると確信していたからだ。

「あの、それは、もうダメってことですか」

「ええ、五キロあった体重が二キロをきってますしねぇ」

私は診察台の上で震えているクロの背骨を目でなぞった。鳥籠《とりかご》大の檻《おり》に閉じ込められ、隣にいる犬や猫の気配に怯《おび》えながら点滴を打つのは嫌だろう。

「考えて、入院するんだったら明日連れてきます」といったがもう腹は決まっていた。人間のように点滴の管に繋《つな》がれて病院で死ぬより、動物らしく自分の匂《にお》いがしみついている場所で最期《さいご》を迎えたほうがいいに決まっている。

部屋に帰り、バッグのチャックをあけると、クロはふらふらと炬燵《こたつ》にもぐりこんだ。そしてそれから二日間何も口にしなかった。水も飲まない。歩くのも勇気がいるといった様子だ。けれど私が台所に移動すると、炬燵から出て冷蔵庫の前に蹲《うずくま》り、どんよりした目で私の顔を覗《のぞ》く。不安なのだろう。

最期を看取《みと》るまで眠るまいと思っていたのだが、朝八時過ぎ、クッションを枕《まくら》にして眠ってしまった。気配を感じて目を醒《さ》ますと、クロが軀《からだ》を揺らしながらベランダのトイレに向かって歩いていくところだった。部屋とベランダの段差で、転んだが、脚を踏んばって立ち上がった。見てはいけないものを見ているような感じがした。息をするのもやっとなのだから、もらせばいいのだ。医者も、最近猫を亡《な》くした友人も、死ぬ前は糞尿《ふんにょう》を垂れ流しにするといっていた。彼はトイレの砂の上で目を開いたまま倒れていた。砂がほんの少し湿っているのが見えた。

トイレに行くのに力を使い果たしたのか、それから三十分後にクロは死んだ。最期は数分間、母猫の乳を揉《も》むように前脚を動かし、ケッケッと息を吐き出しつづけたが、やがて静かになった。

保健所に電話してどうすればいいか訊《き》いた。清掃事務所に電話するようにいわれた。二千六百円支払えば、一時間半後に引き取りにきてくれるという。

「火葬して、骨は川崎にある共同墓地に埋葬します」

「墓地はどこでしょうか」

「ああ、お参りに行かれるんですか、パンフレットがあるから持たせますよ」

外に出て、薬局の横にあるダンボールを譲ってもらい、花屋で五百円の白い小菊の花束を買った。

清掃事務所の係員にクロを引き渡した。バンが発車すると、荷台に乗せられたたった一個のダンボールが幽《かす》かに振動した。車が角を曲がるまで私は見送った。

ある生活の記憶

クロという名の黒猫を飼っていた。どうしても芝居に猫を出演させたくて、主演女優の妹が動物愛護協会に電話して、飼うという約束でもらい受けてきたのが、クロだった。考えてみれば当たり前だが、猫は舞台に出演させるのがもっとも難しい動物である。犬や馬、ライオン、象などは調教できるが、猫をあるタイミングでしかるべき場所に登場させるのは至難の技である。結局稽古《けいこ》初日に役を降ろされた仔猫《こねこ》は、私の部屋に棲《す》みつくことになった。

一昨年の二月、クロは死んだ。クロが不在の部屋で寝起きする気になれなくて引っ越したほど、私が受けた傷は大きかった。友人から「猫は、すぐ新しい猫を飼って忘れてやったほうが供養《くよう》になる」と高価な仔猫をプレゼントするといわれたが、私は丁重に断るしかなかった。

ある日、目的もなく街をぶらついていると、誰かの視線を感じて、あたりを見まわした。……ショーウインドーに飾られている黒猫の置物と目が合った。ふらふらと店に入り、値段も確かめないで、その猫を買った。以来猫の置物を蒐集《しゅうしゅう》するようになった。

ものを集める性癖はない。ここ十数年の写真はほとんど散逸してしまいアルバムは一頁《ページ》も増えていないし、読んだ本は年末に売り払ってしまうので、雑誌のグラビアで見る作家の書斎のような蔵書がずらりと並んだ本棚もない。集めているものがあるとすれば、読んだ本からノートに書き写した〈言葉〉と過去に受けた傷の〈記憶〉である。だから私がものを集めるのははじめてのことなのだ。

しかしコレクターのように猫たちを命の何番目かに大切なものという気持ちはない。最初と同様アンティックショップなどで私を見つめている猫を衝動的に買い求めたのだ。テレビの『開運！なんでも鑑定団』に出すような骨董《こっとう》的な価値はなく、ただ部屋の出窓でイギリス、インド、中国、メキシコ、スコットランド製の猫たちが仕事をしている私を眺めているにすぎない。

ひとはなぜものを蒐集するのか、不思議なことだ。他人からみれば、何のためにそんなものを集めるのかさっぱりわからないほうが多い。いずれにしてもひとは不安定な自我を支えるものを必要としていて、それは恋人でもよければ子どもでもいいし、トイレットペーパーでもよければナイキのエアシューズでもミッキーマウスでもいいわけだ。

もしかしたら猫たちは、クロの記憶を永遠に留めるためのもの……、クロとの生活の思い出こそが私の〈お宝〉なのかもしれない。

迷える羊への祝福

七月の終わりのある日、二通の手紙がポストに入っていた。一通は高校時代の同級生から、もう一通は同じ高校の、英語の先生だった。二通とも封書——、嫌な予感がした。そしてそれは的中した。私は中・高一貫教育のミッションスクールに通っていたのだが、退学になるまでの四年間、化学を教えて下さった木田先生が七月十八日にお亡《な》くなりになられたというのだ。

退学する日に担任から聞いたのだが、私を退学処分にするかどうかの決をとった教員会議で、木田先生はこう抗議したそうだ。

「聖書には、『ある人に百匹の羊があり、その中の一匹が迷い出たとすれば、九十九匹を山に残しておいて、その迷い出ている羊を捜しに出かけないであろうか。もしそれを見つけたなら、よく聞きなさい、迷わないでいる九十九匹のためよりも、むしろその一匹のために喜ぶであろう。そのように、これらの小さい者のひとりが滅びることは、天にいますあなたがたの父のみこころではない』とあります。柳さんを退学にするのはおかしい」

私は高校を退学になった直後に演劇の世界に入ったのだが、木田先生は私が役者として立った舞台も、私の戯曲を上演した舞台もすべて観《み》にきてくださった。しかし今年の六月に上演した『グリーンベンチ』の案内を送ったところ、〈どうにもならない病にかかり、病床から起きあがることができません〉という葉書が返ってきた。

私は病の回復を祈る短い手紙を出したが、忙しさにかまけて先生のことはすっかり忘れていたのだ。

私は公演のたびに先生から届いた励ましの葉書の束をワープロの横に置いた。そして先生が好きだった雑草を摘んできて、コップに活《い》けた。

〈あなたの声で、あなたの歌を、一生歌いつづけて下さい。その歌に共鳴する人、その歌で勇気づけられる人が必ず居ることと思います。益々《ますます》の成長を祈っています〉

哀悼と祝福

観《み》ていないのだが、『お日柄もよくご愁傷さま』という変わったタイトルの映画があった。確か、一日のうちに結婚式と葬式を行うはめになった家族の物語だったと思う。

七月二十日に葬式ではないが、昼は去年亡《な》くなられた高校の恩師である〈木田博彦先生をしのぶ会〉、夜は友人の結婚式の二次会に出席しなければならなかった。まず着て行く洋服に困った。〈しのぶ会〉には明るい柄物はダメだろうし、パーティーには多少は華やかな服を着て行くのが礼儀というものだ。迷いに迷った挙句、ベージュのワンピースに決めて、横浜の教会に向かった。木田先生はクリスチャンだった。教会に着き、先生の奥さんとお兄さんに挨拶《あいさつ》をすると、礼拝堂のいちばん前の席に案内された。壇上の前に白い布がかかった机があり、遺影の前には先生が好きだった、紫つゆくさ、赤まんま、猫じゃらしなどの野草が供えられていた。木田先生は化学を教えていた。担任だったことはないが、私が恩師と呼ぶことができる唯一《ゆいいつ》のひとだった。化学の時間、授業とは関係なく、学校へくる途中で摘んだ草花をビーカーやフラスコに活《い》けて机に飾り、黒板に名前を書いて教えてくれた。唄《うた》が好きだったせいか、難しい化学式をメロディーをつけて覚えさせたりもした。しかし私はそのころ、家出を繰り返し、学校を休むことが多かったので、化学記号はH_2Oぐらいしかわからなかった。期末試験だったか、なにも問題が解けず白紙で出したのだが、木田先生は四十五点をつけてくれた。ひまつぶしに答案用紙の裏に好きな植物について書いたのだが、それに大きく二重丸がつけられていた。学校を離れたあと、演劇の道に進んだが、私が出演した劇団の公演をはじめ、戯曲を書くようになってからも、ほとんどの芝居を観にきてくれ、そのたびに励ましの手紙が届いた。

この日先生の奥さんに、

「柳さんが芝居を書くようになったのは確か十年ほど前でしたね、実はあのころ肺癌《はいがん》の手術をして、入退院を繰り返してたの。今回は観に行くのをやめたらといっても、決して聞き入れなかったのよ」と告げられて、遺影に向かって謝るしかなかった。

「でもほんとうに楽しみにしていたのよ」奥さんは微笑《ほほえ》まれた。

去年上演した『グリーンベンチ』の公演案内を送ったとき、〈どうにもならない病にかかり、病床から起きあがることができません〉という葉書が届き、それが最後だった。

一部の礼拝が終わると、二部は談話室に移り、皆が先生の在りし日の思い出を語るということになっていて、私は先生のお兄さんから手紙でスピーチを頼まれていた。談話室に入ると、教頭、数学、現国、化学などの見知った先生方の顔がつぎつぎに飛び込んできたが、むしろ緊張で顔が強張《こわば》っているのは彼らのほうだった。私が中高生時代について新聞や雑誌で書いたことが、学校の名誉を傷つけていると怒っている先生も多いらしい。私は顔をあげることができずにうつむいたままでいた。私の番になり、「今日は共立の先生方と十二年ぶりに再会して、とても複雑な心境です」と前置きして、話しはじめた。お兄さんから、以前エッセイに書いたような内容を話して欲しいといわれていたので、先生方の顔は引きつり、途中で席を立った先生も三人ほどいた。話し終わった途端、ほんとうは一刻も早く逃げ去りたかったが、そうもいかず着席した。聖書のA先生に「今の話、よかったわよ。今度、共立の礼拝でも話してもらいたいわ。でも今みたいに怨《うら》みつらみじゃなくてね」と耳打ちされたのが救いだった。

会が終わったのは五時過ぎ、友人のパーティーは七時から、場所は代官山だった。貸し切りの会場は一軒家を改造したレストランで、中は普通の洋館のように仕切られていた。私が案内されたのは新郎新婦の友人たちの部屋のようで、三十歳前後の若い男女でひしめき合っていた。

「新婦さんのほうの……？」隣のスーツ姿の男性が話しかけてきた。首肯《うなず》くと、「私は新郎の会社の同僚です」と自己紹介してきたので、新郎について何も知らされていなかった私は「どんな仕事をしている会社ですか」と訊《き》いてみた。

「コンピューターのソフトをつくってます」

「ふたりはどうやって出逢《であ》ったんですか」

「彼女のお店ですよ」

新婦のK子は、私と同じ劇団の研究生で、退団後ショーパブのダンサー兼ホステスの仕事をしていた。研究生のとき、稽古《けいこ》で遅くなると、鎌倉《かまくら》まで帰るのが億劫《おっくう》で、毎日のように彼女の四畳半のアパートに泊めてもらっていた。私だけではなく、多いときは五、六人で雑魚寝《ざこね》したこともある。当時の仲間がひとりもきていないのが不思議だった。

一時間ほどして、階下からどっと歓声があがり、皆で降りていくと、水色のシフォ

ンのドレスを着たK子の姿が見えた。タイミングをみて声をかけると、

「ごめんね、退屈したでしょう、C子もT子も連絡がとれなかったの」話し終わらないうちに、つぎつぎにK子は声をかけられ、私は隅のほうに追いやられてしまった。終わる頃合を計って、

「また連絡するね、新居は近いから遊びに行くよ」といい、会場をあとにした。

部屋に帰って、会場の入口で手渡されたクラッカーを鳴らしてみたが、音だけ大きく、赤や緑や紫のテープは出なかった。――不発だった。

夢

どんなひととの夢もたいていは波乱万丈、荒唐無稽《こうとうむけい》なものだが、私は極めて現実的で単純な夢が多く、カレーライスを食べたいと思えばカレーライスを食べ、夏の海を泳ぎたいと思えば浜辺にいる。

しかし逢《あ》いたいひとに逢うことはない。

絶交した友人と夢の中で温泉に浸《つ》かることもあるのだが、何も言葉を交わさないうちに足にへどろが絡《から》みつき、温泉はいつの間にか川になり、私と友人は滝に流されてしまう。

繰り返し見る夢がある。私が通っていた高校はミッション系の女子校で、階段を歩くと軋《きし》む古い校舎だった。最上階の音楽室に行く途中に踊り場があり、そこの窓からの風景をよく見るのだ。結局一年のとき放校処分になってしまったのであまりいい思い出はないが、よくその階段を上り降りした。階段の下には保健室があったからだ。

教室にいるのが嫌で、保健室に入り浸っていた。体温計を逆さに振ったり、指先やシーツの表面で擦《こす》ったりして熱をあげ、熱をあげすぎて保健の先生にばれてしまったときは、泣き出した。その階段を楽しい気分で上り降りしたことはほとんどないのに、なぜ繰り返し夢に見るのだろう。

おそらく踊り場にいた私は、世界から孤立していると感じたのだ。学校とも完全に関係を失っている、私。夢の中ではなく、今でも私はこの現実世界の踊り場に立って、あの日々と同じ風景に出逢っているのかもしれない。〈関係〉とは常に私を脅《おびや》かすものので、確かなかかわりを築きたいと願望しながらも、最後には拒絶してしまう自分の〈風景〉が、あそこに在る。

初夢では、夢の中でしか逢うことのできない懐《なつ》かしいひとと話をしたいと思っている。

ウエディングドレス

私が棲《す》んでいる奥沢から自由が丘までは徒歩十五分なのだが、途中ウエディングドレスを展示している店がある。そこに通りかかると、なぜか私はいつも歩を緩めてしまう。そして、振りかえる。モンシロチョウの死骸《しがい》のようなレースとシフォンの固まりが目に入る。立ち止まってショーウインドーを眺めたことは一度もないのだが——。

去年の夏、私の戯曲を韓国の劇団で上演することになり、ソウルに行った。梨花女子大の前で新聞記者と待ち合わせしていたので、ホテルに通訳と演出家が迎えにきた。夕方六時前だったと思う。異国での夜に興奮したためか、熟睡することができず、眠くて眠くてしようがなかった。「まだかかります?」と欠伸《あくび》を嚙《か》み殺しながら訊《き》くと、「もうすぐです」通訳も寝不足なのか、大きな欠伸をした。

ふと外に目をやると、ウエディングドレス——、私は胸ポケットから取り出した眼鏡をかけて、驚いた。梨花女子大までの(一キロ以上ある)道の両脇《りょうわき》はすべてウエディングドレスのブティックだった。さらに異様なのは、ショーウインドーの中のウエディングドレスが、皆ブルーの蛍光灯に照らし出されていることだ。

「みんなウエディングドレスの店じゃないですか」

「あぁ、梨花女子大が近いから。ここを通る女子大生に、早く結婚したいな、と思わせるためです」

取材を終えて稽古《けいこ》を見学したあと、役者たちと食事をした。

二十代前半の女優たちは口々に、早く結婚したい、と溜《た》め息をつき、私が出会った女子大生たちも一様に学校を卒業したらすぐ結婚すると話すのだ。彼女たちは必ず、結婚はしないのかと訊いてくる。新聞や雑誌のインタヴュアーもだ。そして私が「しないと思います、多分……」と答えると怪訝《けげん》そうな顔をするのだ。

日本にいる父、母は、ひと言も「結婚しなさい」とはいわないのだが、口うるさい親戚《しんせき》のような韓国人たちに「いつ結婚するのだ」と急《せ》かされ、結婚の二文字が頭をちらつくようになった。

おそらく二十年ほど前は、日本でも結婚適齢は二十二、三歳ではなかったろうか。それがじわじわとあがっていき、今では二十九歳かどうかは知らないが、私の女友だちの多くが三十歳の大台の前には結婚したいと、切実に考えていることだけは確かだ。

私はそれほど結婚願望があるわけではない。むしろ大台に乗ると一挙に中年女になるような気がして、生活のスタイルが変わってしまうのではないかと怖《おそ》れている。しかし考えてみると、二十七、八歳で結婚を焦《あせ》るひとは、現状を大きく変えてみたいという気持ちが強いひとなのではないだろうか。その年になっても、今の生活に充足しているひとは余裕をもって、適齢期をやり過ごすに違いない。案外、結婚したら、今の生活のスタイルが大きく変わってしまうのでは、という不安を持っている女性たちは多いのかもしれない。いや、ひとり暮らしで身につけた生き方をそのまま包みこんでくれるような相手が少ないというべきか——。

六月二十二日で私は二十七になる。

結婚適齢期

結婚適齢期という言葉は死語になってしまったようだ。〈未婚の母〉や〈成田離婚〉など、婚姻制度からは芳《かんば》しからぬ流行語があったが、今年はどうやら夫婦別姓の法案が議会を通過しそうである。

不倫も流行のようだが、だからといって一夫一婦制が揺らぐということはないだろう。中村真一郎氏によれば、

「今から百五十年ほど以前の、日本の社会習慣においては、ひとりの男性が同時に二人の女性を愛した場合は、一方を妻（第一夫人）とし、他方を妾《めかけ》（第二夫人）として、その両方の女性を男の家庭に迎え入れることが、責任を取る人情にかなったやり方」だったのだそうだ。この慣習を肯定する気はさらさらないが、たとえば愛人が男の子どもを焼殺、夫が妻の連れ子を殺害した事件などを見聞すれば、中村氏の「一方を捨て、一方を守るというのは野蛮で残酷な処置ということになっていた」という指摘

は説得力を持つ。

さて私は婚姻制度への疑問を呈しているわけではなく、最近酒場でA氏から聞いた話を書く。

「Y子の結婚披露パーティーには行ったの?」

A氏が水割りを呑《の》み干してからいった。

「いえ」

私はY子と親しくしていた時期があった。最近は疎遠《そえん》になっていたが、彼女の相手がA氏の主宰する劇団の役者だということは人づてに聞き知っていた。

「十年前、Y子が十八歳で入団したばかりのころ、役者と恋をしたり結婚したりするのはダメだよ、といっておいたんだけどなぁ」

A氏は嘆息した。

「どうしてですか?」

と訊《き》くと、A氏は水割りを注文してから、Y子が結婚に至るまでの経緯を話しはじめた。

Y子は女優志望には珍しくお嬢さん育ち(可憐《かれん》な美少女)だったため、A氏は役者に遊ばれないよう釘《くぎ》を刺した。Y子が二十歳になったころ、彼女の母親から、

「劇団の役者とつきあって家に帰ってこないことがあるので、注意していただけませんか、嫁入り前の娘ですから」

と非難めいた口調で頼まれた。紆余曲折《うよきよくせつ》があり、結局Y子はその役者と同棲《どうせい》するようになり、周囲ではふたりがいずれ結婚するだろうと考えていた。ところがA氏は去年の暮れ、劇団員からY子が他の男優とつきあっていて、近々結婚するらしいという話を聞き、驚愕《きようがく》した。Y子を呼んで事情を訊くと、七年間つきあっていた男優とは別れたのだという。

「浮気です、彼は私と結婚する気はなかったし――昔、役者とは恋はするなっていってましたね」

と彼女は涙ぐんだ。

そのうちY子と新しい恋人が楽屋でベタベタして他の役者の顰蹙《ひんしゆく》を買っていると聞き、A氏はふたりに公私のけじめをつけるよう注意を促した。するとその男優は、そんなくだらない中傷をするような劇団にはいたくないと憤然と席を立ち、十五年間在籍していた劇団をY子とともにやめてしまった。

「ぼくはそのとき、ふたりが結婚式を挙げないというので、会費制のパーティーをやろうとまでいったんだけどな」

うだ。

つい最近レストランで披露パーティーを開いたそうだが、A氏は招かれなかったそ

と、もう一度大きな溜《た》め息を吐《つ》いた。

「まぁ四年後に、役者とは結婚してはいけないといっていましたね、と泣かれないことを望むがね」とA氏は水割りをおかわりした。「どうして四年後に？」と訊くと、

「だってひとの愛情は四年しか持たないって、アメリカの学者がいってたじゃない。ところであなたは結婚しないつもりなの？」

私は結婚なんてしません、といおうとしたが、口を衝《つ》いたのは違う言葉だった。

「適齢期ですから、そろそろ」

恋愛は「死に至る病」ではないのか

ブロードウェイの新作ミュージカル『レント』が、『ウエストサイドストーリー』『ヘアー』に次ぐ大ヒットの兆《きざ》しを見せているらしい。ニューズウィーク誌や情報通の友人の話によると、プッチーニのオペラ『ラ・ボエーム』を下敷きにしているそうで、原作ではヒロインが結核に冒されて死ぬのだが、『レント』ではエイズウィルスの感染者になっている。『ウエストサイドストーリー』の原作はいうまでもなくシェイクスピアの『ロミオとジュリエット』だ。家と家との争いから禁じられた恋の果てにふたりが死を選ぶというストーリーを、ギャング団の抗争に置き換えて、ヒーローは刺殺される。ミュージカルの基本は〈ボーイ・ミーツ・ガール〉である。『レント』の作者であるジョナサン・ラーソン（公演直前に病死）は、劇中の恋人たちにエイズという現代的な悲劇を与えて、どうやら傑作をものにしたようだ。

これから考えても大恋愛は〈死に至る病〉といってもいいのかもしれない。熱病といわないまでも、大恋愛はふたりを引き裂こうとする強い力が働かなければ成立しない。ふたりが結ばれるのになんの障害もなければそれは小恋愛に留まるしかないだろう。日本のように社会的身分制度がなく、平和、平等、人権イデオロギーが蔓延《まんえん》している国では、トレンディな恋物語はあっても、大恋愛は起きそうもない。テレビのラブストーリーでも、シナリオライターはふたりの恋に障害をつくるために四苦八苦しているようだが、ほとんどのドラマはすぐにでも解決できる問題をずるずると引き延ばしているにすぎない。

友人にいわせれば、私はつきあった男性を破滅させてしまうのだそうだ。私にそんな魔力があるとは到底思えないが、家庭が崩壊したり、会社が倒産した男はいる。私にいわせれば、破滅寸前の男が、私の中にある破滅願望に呼応したにすぎない。私は太宰《だざい》治の熱烈な愛読者で、私が本気で恋をしたことがあるとすれば、太宰治そのひとにである。それも太宰の破滅的な生き方に魅《ひ》かれたのだ。

「家庭が崩壊したのはあなたのせいです。責任をとってください」とつきあっている男の妻にもの凄《すご》い形相で詰め寄られたこともあった。私はひたすら詫《わ》びたものの内心では、あなたの夫は年に数回しか帰宅せず家庭はもともと崩壊していたのではないかと反論したかったが、口を噤《つぐ》んだままだった。

もしかしたら私は恋愛をしたことがないのかもしれない。誰かといっしょにいたい、肌を合わせたいという、ひと恋しさを持て余すことはあるが、恋をしているという実感を持ったことは一度もないように思う。

現代に大恋愛はない、私は恋をしたことがない、というと恋愛に心をときめかせている女性は怒り出すだろうが、私だって恋愛を夢見ていないわけではない。

〈恋人がエイズ感染者だと知っていながら性的関係をつづけ、自ら感染する〉

〈一年後に心中すると決め、仕事をやめてふたりだけで暮らす〉

〈ひとりの男と十日しか関係しないと決めて数十人、数百人とつきあう〉

私の夢想はまともとはいえないが、結局自分の中に〈禁じ手〉をつくるしかないのかもしれない。たとえば絶対に浮気しない、といったものでも禁じられた恋に成り得るのではないだろうか。現に若い女性たちに「もし男友だちとふたりで呑《の》みに行って、いい気分になって終電がなくなったら、ホテルに行ってセックスする可能性はある?」と質問すると、七、八人いた全員が「ある」と答えたのである。何にせよ、ふたりの関係の中に確固としてこれだけは絶対にしないというものがあるかどうか、考えてみたほうがいい。このひととは絶対に別れない、と決意すると悲劇的な結末になる可能性が高いが、悲劇を生まない恋愛などエロスとは程遠い。恋愛においてエロスとタナトスは一対でなければならないのだ。

恋愛とは幻想である。もし死に至らなければ、最大の幻想ともいえる狂気に向かうより他ないのかもしれない。

ある男性（仮にAとしておく）から恋のオソロシサを思い知らされたことがある。私はAと何ヵ月か同棲《どうせい》していたのだが、あるとき妻に浮気され離婚したばかりの男と知り合い、同情したわけではないが、関係を持った。

Aはそれに気づき、男の名前と住所をつきとめてしまったのである。私が彼の家で眠っていると、夜中Aから電話がかかり、これから三人で話し合いたいという。私は仕方なく駅に出迎えたのだが、なんと驚くべきことに、Aは友人を二十人ほど引き連れてきたのだった。私は気が動転して、彼らを引き連れてぞろぞろと男の家に向かうしかなかった。なんと滑稽《こっけい》な行進だったろう、しかしそのときは混乱したまま全員で男の家にあがり込んだのだった。

Aの友人たちが玄関や廊下でことの成り行きを見守る中、私たちは話し合いをはじめた。Aは、とにかく今すぐこの家を出て、もう一度やり直そうと迫ってきた。こうなった以上それはできません、と私が拒否すると、Aはいきなりライターでカーテンに火をつけた。火を消そうとあわてふためいていると、Aはさらに机の上の本にも火を放った。その目は真剣で狂言と思えなかったので、私は男の家を去ることに同意した。

外に出ると、Aは友人たちに別れを告げてタクシーを止めた。車中で、いったいどうするのか、何をしたいのか、と問うので、「死にたい」と呟《つぶや》いた。そのときはほんとうに死にたかったのだ。Aは運転手に「この近くに川はありますか」と訊ね、運転手が「ちょっとかかるけど多摩川ですね」と答えると、「そこに行ってください」といった。

しばらくして車は止まり、Aは料金を支払い、降りようとしない私を引きずるようにして外に出た。土手の下を見ると、黒い水が張り詰めていた。「死にたいんだろ！」。Aは私の背中をどんと突いた。私はAの激情に呑み込まれずぶずぶと真冬の水に入っていった。胸のあたりまで進んだとき、スカートが水底の枝か針金に引っかかってそれ以上進むことができず、Aに助けを求めた——というのが事の顛末《てんまつ》である。

後日Aは「一生で一度くらい、恋に狂ってみたかったんだ」と笑った。別れた今となって、恋狂いしたかったというAの言葉が哀《かな》しく響くことがある。

希望と同じように、恋愛も病である。怖《おそ》れを抱きながらも、ひとはこの危険なウィルスに感染したがっているようだ。

愛について

この時代で直截《ちょくさい》に〈愛〉について語ることは何よりも難しい。不倫、援助交際、ストーカーなど、変質してしまった現代の愛が無造作に投げ出されているからだ。本屋で愛の物語を捜せば、林真理子氏の『不機嫌な果実』、村上龍《りゅう》氏の『ラブ&ポップ』などを手にするだろう。

小説家であれば、愛についての物語を一編は書いてみたいと思わないはずがない。私もいつか書きたいと思うし、あるいは既に書いた小説も、案外愛についての物語かもしれないが、今のところ正面切って恋愛小説を書くつもりはない。

私は現代の愛のキーワードは〈セックスレス〉だと考えている。種の保存としての性が失われた愛ということだ。性が本能だとすれば、本能としての性は〈生殖〉に他ならない。しかしこの時代では、ひとりの女性が出産する子どもの数は平均ふたり以下である。結婚した女性は、ひとりぐらい子どもを産みたいという願望を持つだろうが、ラブラドルレトリバーを飼いたいというのと大差ないのではと疑いたくなる。もちろん人間の子と犬を同一視するつもりはなく、私の友人には自分の子どもを世界より重い存在として偏愛している女性だっている。だからといって子どもの未来の幸福を信じているわけではない。明らかなのは、種を保存することへの不信の中で生きているということだ。

生殖から切り離された性はどのような快楽を保証してくれるのだろうか。快楽は単なる末梢《まつしよう》神経の摩擦によってもたらされるものではなかったはずで、原始、性は未来への勃起《ぼつき》であり受胎であったろう。未来が約束されていないなら、性はただの過去か現在にすぎない。かつて誰かが「おまえはただの現在にすぎない」とテレビを批判したことがあったと記憶しているが、今や性はテレビ的なものになったようだ。ブラウン管で仕切られ、摑《つか》もうとしても決して摑めない擬似的な快楽——、未来を失った人間は、性を過去への妄想に貶《おとし》めたのだ。

性は愛を歪《ゆが》めた第一級の戦犯でありながら、たとえば援助交際のように商品化されて流通すれば、購《あがな》えないものとして愛を求めるひとを生み出すのではないか。性が失われたとき、愛が復権するといえば、私が愛の復権を望んでいるように聞こえるかもしれないが、そうではない。観念でしかない愛を観念に還《かえ》すべきだといいたいのである。恋愛にしろ家族愛にしろあまりにも現実の地平でとらえ、それによって多くのものを失ったのではないだろうか。

　恋愛にとって重要なのはふたりの間に〈禁止〉が存在するかどうかである。身分制度という禁止が働いていた時代には〈心中〉のような悲劇的ドラマによって、恋愛の昂揚《こうよう》と陶酔が約束されていた。しかし何でもありでは、至上の愛が生まれる余地はない。恋愛に相応《ふさわ》しい背景は平和ではなく、戦争である。自由で平和な時代には観念で禁止を創《つく》る他ない。

　困難さを承知で、援助交際をしている美少女とストーカーとのラブストーリーを構想してみよう。援助交際のキーワードは〈現実〉であり、ストーカーは〈妄想〉であろう。

　ストーカーの愛は妄想であり、現実の保証がないゆえに犯罪者の烙印《らくいん》を押される。かつては妄想をロマンチシズム、ドン・キホーテ的な勇気と呼んだ時代もあったのだが、今日では忠犬ハチ公をストーカー犬だといい出しかねない。妄想が現実化されたときはそれを大恋愛と名づけ、現実が妄想となればただの犯罪と決めつけ、愛は現実と妄想の均衡にあるということに気づこうとしない。

愛が妄想と現実のあわいに漂うたかたにすぎないとすれば、両者の愛こそがもっとも現代的な〈純愛〉といえるのではないだろうか。

だがもし私が援助交際をしている美少女とストーカーとの恋愛小説を書けば、リアリティーがないと批判されるに違いない。ひとは愛を夢想しているのではなく、愛のリアリティーに飢えているからだ。愛はロマンという病に他ならないのに、愛にリアリティーを求めたがる、そこに現代人の愛の不毛がある。

私の友人が酒場のカウンターに頰杖《ほおづえ》をついて嘆息をもらした。

「ねえ柳さん、どうして不幸の種になるようなろくでもない男に恋をするんだろ……」

「私のこと？　それとも自分のこと？」

「……みんな。だけど自分だけは例外だって思ってるんだよね」

そういえば私のまわりでは、なんであんなひとを、と意外に思うようなパートナーを選んでいるケースが多い。誰を、いかに愛するかについて、ひとは有史以来何の進歩もしていないどころか退行しているといってもいい。

テニスでは〈ラブ〉とは無得点であり、〈ラブゲーム〉とは一方の得点が零《ゼロ》で終わった試合をさすのだが、愛は零であると覚悟することが必要だと思う。

新宿二丁目の老教授

「私、先週の火曜日、ホモバーに行ったの。新宿二丁目、三軒もハシゴしたのよ」友人のミチコは頬を紅潮させ、まるで新しい恋を打ち明けるような早口でいった。

ミチコは、父親が新聞社の外信部の特派員だったせいで、小学校三年から高校二年までワシントンで暮らしたバイリンギャルである。現在は人材派遣会社と契約し、英文のワープロ化やちょっとした翻訳の仕事をしている。

三年前、ニューヨークでひとり暮らしをしている老教授の家にひと月ほど滞在したそうだ。

「ニューヨークの友だちに泊めてって頼んだら、自分は恋人と同棲《どうせい》してるからダメだけどって、ドクターを紹介してくれたの。あっ、私はドクターって呼んでるの。彼、空港に迎えにきてくれたんだけど、私の顔を見るなりなんていったと思う？　エイズは陽性じゃないから心配しなくていいって。彼はホモセクシャルなの」

ドクターは今年の一月、六十五歳でカレッジを定年退職した。そしてその二週間後には予約していた飛行機に乗り、メルボルン、シンガポール、バンコック、タイペイと旅をつづけ、しめくくりとして東京を訪れることになった。

ドクターは若いころ、結婚して娘をひとりもうけたが、彼女が大学に入学した年に離婚し、しばらくして日本人の男子留学生と暮らしはじめた。

「フーン、今でも？」

「ううん、六年で破局したって。ドクターに養われてアメリカで暮らすのがイヤになったんじゃない？　突然日本に帰っちゃったみたい」

「じゃあ、そのひとに逢《あ》うために来日したんだ」

私はリタイアした老教授のセンチメンタルジャーニーだと思ったが、ミチコは「彼の居所はわからないの」と首を振った。

旅の目的のひとつは、東南アジアのどこかで英語を教える職を捜すことで、ドクターはバンコックやタイペイで何人ものひとに相談したらしいが、日本だけはツテがなく、知り合いといえばミチコだけである。

ミチコにとっては一週間滞在するドクターをどうやってもてなすかが大問題であった。ドクターは観光にはまったく興味がないので、悩んだ末ホモセクシャル専門の店に行き、『男街マップ』というガイドブックを買って、新宿二丁目に密集するホモセクシャルのスナックバーの中から二十数軒をピックアップして電話し、ビール一本が八百円以下、そして女性可の店を三軒選んだ。

「『男街マップ』を読むとね、若者、中年、年配向きから、太め、マッチョ・体育会系が多い店なんてことがわかるの」とミチコは通ぶった口調でいった。

彼女はひとりでは不安だったので、ウィルス（なぜそんなあだななのかは彼女にもわからないそうだ）と呼ばれているボーイフレンドにつきあってくれるよう頼んだ。ドクターが宿泊しているホテルのロビーで八時に待ち合わせをし、三人はタクシーで新宿二丁目にくり出した。

最初に行ったのは「ジル」という店である。

「ジル」はボックス席がひとつとカウンターのこぢんまりとしたスナックだった。カウンターの中には若いバーテンがいて、客はひとりだけだった。ホモバーは夜の八時に開店する店が多いらしく、まだ宵の口なんだろうな、とミチコは思った。ドクターとミチコはビール、ウィルスは水割りを頼んだ。

「もうすぐママがくるんだけど」とバーテンはカウンターにグラスを置いた。

ミチコだけではなく、バーテンも途方に暮れている様子だった。経験が浅い上、若い男女と外国人の組合せにどう対処していいか戸惑っていたのだろう。

「ママはお笑い系で、すごく面白いヒト」バーテンはしきりに壁の時計に目をやった。

「ゲイバーとホモバーってどう違うの？ ドクターに訊《き》いてみてよ」とウィルスがいうので、ミチコはドクターに訊《たず》ねた。

「アメリカでは同じだって」ミチコが通訳すると同時に、ドクターは肩を竦《すく》めた。

「日本では、ゲイバーは女装の店、ホモバーは男のままの店」カウンターの客が説明した。

ドクターがバーテンをじっと見つめて、彼はいくつだ、というのでミチコが訊くと、バーテンは「見た目より若いわよ」と視線をはずしてうつむいた。

「この子、大学生」と客がいった。

バーテンは農学部でバイオテクノロジーを学んでいるのだが来年卒業で、就職するか、いっそこの世界で生きていこうか迷っていると、はにかんだ笑みを浮かべた。

つぎに行った「フロントページ」は、テーブルが何卓もあるしゃれたカフェバーだった。外国人の客も数名いて、ミチコは客席から舞台に引っ張り上げられ俳優たちに囲まれたような落ち着かなさを感じた。しかも客たちの口数が少ないのでパントマイムを観《み》せられている気がした。

「みんな気取ってるよな」ウィルスが店内を見まわしながらいった。最初の店では緊張していたくせに、五杯の水割りのせいかすっかりリラックスしている。ミチコはドクターが楽しんでいるかどうか気になって何度も盗み見したが、目が合うと黙って微笑《ほほえ》むだけだった。

「いやあ、でもホモバーって興奮するな、ほらあそこの外人、おれのことちらちら見てるぜ」

ウィルスがいちばん楽しんでいるようだ。ミチコはこの手の店では、ニューヨークのシングルバーのように気に入った相手を捜すのではないかと考えていたが、ドクターは静かにビールを口に運んでいるだけだし、ほかの客もそんな素振りは見せない。

三軒目の「ナルコフ」は、もし客が全員男性でなければホモバーとは思えないほど活気に満ちた明るい雰囲気の店だった。カウンターもボックス席もサラリーマンらしき男たちで混み合っていた。

三十代半ばぐらいに見える美形のバーテンがカウンターにグラスを置くと、

「ママですか?」ウィルスが妙に甘ったるい声で訊いた。

「そうよ、よろしくね」

「きれいですね、きれいだ!」ウィルスの声が店中に響き渡った。

客たちはニヤニヤ笑っている。

「そんなにひとをほめちゃダメ。口説《くど》くんならアメとムチを使い分けなくちゃ。でも面白い組合せね」ママは三人を見較《みくら》べた。

「逢っただけでそのひとがホモだってわかりますか？」少し酔っていると思いながらミチコが訊いた。

「イエス、アンド、ノウね」ママはウィルスをじっと見て、「このひとのことが知りたいの？　ずばりストレートね」

ミチコは自分たちがいるせいで自由に行動できないのだろうと思い、ドクターを残して帰ることにした。

ママは勘定を計算しながら、カウンターに両肘《りょうひじ》をついて眠そうな顔をしているウィルスを一瞥《いちべつ》した。

「ちゃんと連れて帰らないと、ホテルに連れ込まれちゃうわよ」

「それでドクターは楽しんだの？」と私が訊くと、ミチコの顔が暗くなった。ふたりが去ったあとドクターはハンサムな男に声をかけたが、「アメリカ人はダメ、あたしだけじゃないと思うけど」といわれたのだそうだ。

しかしドクターはアンハッピーな気分で過ごしているわけではない。帰国して自宅の留守番電話を聞くと、中国の大ホテルの従業員に英語を教えないかというメッセージが入っていたのだという。

「ホモバーでは相手にされなかったけど、一年間教えれば、恋愛のチャンスはある」

ドクターはそう声を弾ませたそうだ。

MERRY'S HOTEL STORY

ホテルの思い出は数少ない。私は他人《ひと》が思うほどホテルを利用していないのだ。ビジネスマンや旅行者にとっては街の中心地にある機能的なホテルが快適だろうが、私は小説や戯曲を執筆するためだけに利用するので、山奥の温泉宿に行くことが多い。

何年か前に突然、私の芝居に出演したことがある俳優から電話がかかってきた。芝居をやめて郷里に帰るのだという。話によれば、絵描きになりたかったのに友人に薦められて舞台に立ち、十年もつづけてしまった。帰郷して父親が経営する酒場を手伝いながら、もう一度油絵を描きたいということだった。

「満席で、夜七時の切符しか取れなかったんです。発車まで時間があるので何人かに電話したんですけれど——みんな留守で……。柳さんに電話してしまいました」

私たちは喫茶店で待ち合わせして、時間を持て余して映画を観《み》た。映画館を出ると彼は思い詰めた表情で、映画の中の海辺の橋に立ってみたいと呟《つぶや》いた。私はいったいどういうつもりだったのだろう、咄嗟《とっさ》に「じゃ、行きましょう」と応じたのだった。寝台車に乗り、北陸本線に乗り継ぎ、尋ねまわった挙句、ロケ地の敦賀《つるが》に辿《たど》り着いたのは、翌日の夜だった。しばらくその橋の袂《たもと》でときを過ごしたが、帰郷する新幹線はなく、私たちは京都で一泊することになった。

そこは五、六部屋しかない小さなホテルで、大正時代に建てられたような趣の洋館だった。翌朝目を醒《さ》ますと、彼は既にチェックアウトした後だった。二日酔いに似た気分でフロントの前に立つと、老婦人が「お預かりしてました」と帰りの汽車賃が入った封筒を渡してくれた。そして彼女に、テーブルが三つしかないレストランというよりダイニングというほうが相応《ふさわ》しい部屋に案内された。そこで食べたのは、香り立つ、申し分がないほどおいしい朝食だった。

私はこの原稿を書くに当たって、そのホテルの名前を思い出そうとしたのだが、浮かんできたのはまるで嘘《うそ》っぽい「Merry's Hotel」という名であった。104で調べたが、京都にそんなホテルはない。

以来彼とは音信不通となったが、時折耳にする噂《うわさ》は、アル中になり入院していると か、死亡したというものだった。

私にとってホテルとは、映画『グランド・ホテル』のような思い出を創《つく》る場所だ。

機能主義一辺倒である現代のホテルに思い出を求めても仕方ないことかもしれないが、私が求めているのは難しいことではない。

ホテルの一室にかける絵一枚にしても、物語が欲しいのだ。なぜその絵を選んだのか……、思い出は物語であり、物語とは個性に他ならない。個性的なホテルがあまりにも少ないのではないか、というのが唯一《ゆいいつ》の不満である。

ホテルとは旅の出発点であり、旅の終着駅なのだから……。

温泉宿と沖縄の基地

長野県穂高に「中房温泉」という一軒宿がある。何千坪もあろうかというほど広大な敷地には、小さな露天風呂《ぶろ》や蒸し風呂が散在している。穂高駅からタクシーで一時間弱、十月中旬であれば、大袈裟《おおげさ》ではなく息を呑《の》むような紅葉を楽しめる。山々はまるでブーケを集めたというべきだろうか、言葉には置き換えられない、まさに色彩のハーモニー、饗宴《きょうえん》なのだ。もっとも宿の若主人にいわせれば、緑がいっせいに萌《も》えいずるころ、六月の新緑が最高だそうだ。

私は物見《ものみ》遊山《ゆさん》で温泉に行ったことはほとんどなく、今回も締切りが迫っている小説を書くために、ワープロを抱えて行ったのである。そして温泉に浸《つ》かりに行く以外は部屋から一歩も出ずにワープロを打ちまくる。

その分、朝食は大広間で他の宿泊客たちといっしょに食べるので、隣の会話に耳を澄ますのが楽しみになる。

ふたりの老人の会話。

昔は偉丈夫だと思われる老人「フロントで林檎《りんご》を売っていたけど、家に送ったらどうかね」

かなりしょぼくれた老人「林檎なら近所の八百屋で売っているし、送ったら息子夫婦に余計なことをしたって怒られちゃうよ」

偉丈夫「そんなことがあるはずがない。気配りをして怒られるなんて考えられん」

しょぼくれ「まぁまぁ、いろいろあるからさ。ところでメシをよそってくれんかね」

などという話を聞くと、このふたりの関係と、その家族を想像して興味が尽きない。また年若い女性がひとりで食事をしていると、何か病を抱えていて湯治にきているのか、それとも昨夜恋人と喧嘩《けんか》して、男が先に帰ったのかなどと想像を巡らすだけでも朝食が進むというものだ。

考えてみれば、何でもない市井《しせい》のひとびとを描いた、小説・演劇・テレビドラマ・映画が少ないのは不思議だ。人生の重みは、ドラマティックではない、何も起こらない日常の中にあると思う。しかし神々は細部に宿るというものの、平凡な、あまりにも平凡な世界を描写し、作品化するのは難しいのだ。

温泉宿で働くひとたちには、ことさら興味をそそられる。女性はほとんど近辺の主婦たちのパートだと聞いたが、ブラジルなどに移民した日系二世、三世たちもいる。男性の従業員は寡黙《かもく》で、いかにもわけありという感じのひとが多い。

私はもし書けなくなったり、人生に絶望したりすることがあれば、山奥の温泉宿で働こうと思っている。そしてもしいつか私が金持ちになることがあれば、帝国ホテルを終《つい》のすみかにした歌劇の藤原義江《よしえ》の向こうを張って、温泉宿で暮らしたいと思う。温泉ブームも翳《かげ》りをみせているらしいが、どうしようもないのは都市の銭湯だろう。目端が利《き》く経営者はサウナに模様替えしている。

私は月に一、二度サウナに行く。昼間のサウナは、主婦たちのシンジケートが組織されているのではないかと疑うほど、私のような飛び込みの客は排斥される。現代の「浮世風呂」は式亭三馬のそれとは違って、滑稽《こっけい》というより、陰惨な感じがする。

ここでいきなり話が変わる。

全国の温泉宿と沖縄の米軍基地ではどちらの面積が広いだろうか。温泉から基地に話が飛ぶのは、私が沖縄の基地問題に腹を据えかねているからだ。いったい日本はどうなってしまったのだろう。沖縄に全体の七十五パーセントの基地を置き、平然と事を終わらせようとしているのはあまりにもひどい。温泉は地下に地獄〈マグマ〉を持っているが、沖縄には地上に人間の尊厳を脅《おびや》かす地獄〈基地〉があるのだ。

私は沖縄のひとたちを、在日琉球人《りゅうきゅうじん》と認識している。そして必ずや二、三十年のうちに琉球が日本国から独立を果たすと信じている。

沖縄に話が飛ぶのは乱暴だが、私は世界は朝日と落日、新緑と枯葉のパースペクティブの中に在ると考えているのだ。

ストーカーと温泉

私がはじめて温泉に行ったのは十七歳、友だちに誘われたといえば誰もがのんびりと温泉を楽しんだのだなと思うだろうが、そうではなかった。

「ね、いっしょに逃げてくれない？」とA子が切羽詰まった声で電話をかけてきた。

「逃げるって、どういう意味？」

「東京にいたくないの！」

結局渋谷《しぶや》の本屋でA子と待ち合わせすることになった。そのころの私は待ち合わせをするなら本屋と決めていた。相手が遅れてきても一時間程度なら時間を潰《つぶ》せるからだ。

A子はある劇団の女優だった。彼女は芝居の切符を売るために、出演するたびに果物や洋服などのプレゼントを携えて劇場に現れる男性ファンと、ときどき喫茶店で話をしたりしてつきあっていた。しかしそのうち男はA子の自宅にひっきりなしに電話をかけるようになり、ある夜帰宅すると、アパートの前でその男が待っていたのだ、とA子は半泣きで打ち明けた。それから何年か経《た》ち、彼のような男をストーカーと呼ぶのだと知ったそうだ。

「東京を離れるっていっても、私、お金全然持ってないよ」

「だいじょうぶ、預金あるし、いざとなったらサラ金だってあるし」

私たちは新宿駅で電車に乗り信州へ向かった。窓を流れる景色を眺めながらA子が「温泉に行こうか」といいだしたので、松本で降りて駅前の本屋で温泉ガイドを買い、露天風呂《ぶろ》がある山奥の一軒宿を見つけた。

その宿に行くにはバスで一時間以上も揺られなければならないが、山全体が大きなブーケのような紅葉で、楽しい旅をした経験がなかった私は何もかもが新鮮に思え、うつらうつらしているA子の隣で、赤、黄、橙《だいだい》、紫などの色彩に目を見張っていた。

私たちは三つの内湯と露天風呂に順繰りに浸《つ》かり、布団《ふとん》に潜ったのは十二時を過ぎていた。前日から一睡もしていなかったA子はすぐに眠りに落ち、私は興奮してなかなか寝つけず、布団から脱《ぬ》け出してひとりで露天風呂に入りに行った。

私しかいない湯の底をゆっくりと流れる時間と、凍りついたような満天の星とのあわいで、私は生まれてはじめて解放感というものを味わった。いつでもどこでも私につきまとって離れない不安、恐怖、他者と自分に対する嫌悪感《けんおかん》が首まで湯に浸かって星を見上げているうちに溶けていき、世界の誰からも傷つけられないし、私は誰ひとりとして恨んでいないのだと思えたのである。

A子だけではなく私もまた過去というストーカーにつきまとわれ、どこか遠くに逃亡したかったのだ。

朝、目を醒《さ》ましたA子とその男をどのように撃退すればよいかを相談し、三泊の間になんとか考えをまとめて帰京した。

事の顚末《てんまつ》は、A子の劇団の役者十数人が大挙して男のマンションに押しかけ、男はもう絶対にA子を追いまわさないと誓ってから、「だからこんなへんなことをするのはやめてください！」と叫んだそうだ。

川の温泉

日本の作家でもっとも多く温泉に足を運んだのは田山花袋《かたい》ではないかと思う。花袋の年譜を見ると、「一八九七年四月、国木田独歩と日光に向かい、照尊院に四十日ほど滞在する。八月、信州渋温泉から草津温泉に行き、浅間山を越える旅をする」などとある。渡仏する島崎藤村をもてなした箱根の塔の沢温泉で詠《よ》んだ歌はつぎの一首だ。

山口のいて湯のさとの春雨の静かなる夜をわかれ行くかな

このことは田山花袋の『日本温泉めぐり』で知った。

もう十年以上も前のことになるが、私が役者として舞台に立っていたころ、芝居の楽日に父が薔薇《ばら》の花束を抱えて劇場に現れた。その劇団では終演後、役者全員がロビーに並んで観客を見送ることになっていた。父は私に花束を手渡したあと、顔を私の耳に寄せて、「演技は間だよ。きみには間がない」と囁《ささや》き、背広のポケットから取り出した茶封筒を私の手に握らせた。父が去ったあと封を切ってみると十万円が入っていた。

その夜、劇場のそばでの打ち上げが終わったのは午前三時過ぎだった。店を出ていつの間にかひとり路上にとり残され、タクシーで帰るしかないなと思いながら劇場の前を通りかかると、S子が階段の隅にうずくまって泣いていた。私は、S子と同棲《どうせい》していた男優が心変わりして同じ劇団の女優に乗り換えたという噂《うわさ》を聞いていた。私は黙ってS子の下の段に腰を落とし、夜が明けるのを待った。

カラスが路上に舞い降りゴミ袋をつつきはじめたころ、私はS子にいった。

「ねえ、温泉行かない？」

私たちは始発で浅草に行き、東武線に乗って鬼怒川《きぬがわ》へ向かった。

S子は電車の中でも旅館に着いても黙ったままだった。温泉の浴衣《ゆかた》に着替えて内湯に入ってから布団《ふとん》を敷いた。彼女は眠る寸前にひと言だけ、「あたし芝居やめるわ」と呟《つぶや》いた。私たちは仲居さんに起こされるまでぐっすり眠った。夕食を食べ終え、川沿いにあるという露天風呂《ぶろ》に行くことにした。

「ここかなあ……」S子がとても温泉とは思えない川に手を浸し、「あったかい」と浴衣を脱ぎはじめたので、私も従うしかなかった。入って幾分はあたたかく感じられた湯も、しばらくするとぬるくて入っていられなくなった。水澄ましが目の前で旋回している。湯客が私たちを不思議そうに眺めながら上の方へ歩いて行った。上流にはぼうっと明かりがついている。「あっ」顔を見合わせると、「ここ川だよ！」S子は笑いだした。上流に露天風呂があり、その湯が川に流れていたのだった。それから彼女は元気になり、もう一泊延ばして、呑《の》み、しゃべり、笑った。

東京に帰った一週間後にS子は劇団をやめた。その一ヵ月後に私も退団し、戯曲を書きはじめた。十八歳のときである。ときどきあの川に浸《つ》かっていたときのことを思い出す、中途半端《ちゅうとはんぱ》で、滑稽《こっけい》で、愚かだった日々を——。あのころの私は、ア・クール・スプリングの中にいたのだ。

究極の温泉ガイドブック

戯曲を何作か発表しているうちにすこしずつ原稿の依頼が舞い込むようになり、週刊誌の連載エッセイが決まったころに、ようやく食べていけるようになった。そして小説を書きはじめ、気がつくとほぼ毎日のように書いているという生活になっていた。百五、六十枚の構想の小説を書いていたとき、八十枚目でバタッと筆が止まってしまったことがあった。何とか書きあげなければと焦《あせ》るものの、頭痛と吐き気に襲われ机に向かうよりベッドに横たわっている時間のほうが長くなり、カーテンを閉め切り電話のコードを引き抜いて、ほとんど何も食べないでただひたすら眠りつづけた。

締切りがあと二週間にまで迫ったところで、私はふらふらと体を起こし、旅行バッグに執筆に必要な物を詰め込み、まるで何ヵ月も前に予約していたかのように温泉宿に旅立ったのである。

嘘《うそ》のように小説が書けた。朝、昼、夜、深夜、明け方、眠くなると露天風呂《ぶろ》に浸《つ》かって目を醒《さ》まし、一日十五時間書き進んだ。

それからというもの、小説などのまとまった仕事は温泉でなければ書けなくなってしまったのである。

有名な宿はなかなか予約がとれないので、ガイドブックを何冊か買って、写真で露天風呂をチェックし場所と値段で決めた。ところが困ったことに、三軒に二軒は思い描いていたイメージとほど遠いのである。あるときなどは、駅からタクシーで乗りつけると、なんと宿の前には国道が走り、隣はガソリンスタンドではないか。車の音を聞きつけて宿のひとが玄関の扉を開けたので、私はあわてて後部座席に横たわりUターンしてもらい、その日は運転手さん推薦の宿に泊まった。

どうしたら良い温泉宿を見つけることができるのか――、本屋に入るたびにガイドブックを手にとってめくり、何冊も買い求めた。そして遂《つい》に、『車で行ける名湯秘湯温泉旅館』という東日本編と西日本編の二冊のぶ厚い究極の宿探しの本と巡り合ったのである。一冊につき約二千軒の旅館の情報が掲載されているが、写真はほとんどなく温泉地と宿の特色と魅力を簡単に紹介しているだけだ。この本の最大のポイントは旅館一軒一軒に十項目の評価表がついていることである。

アットホームさ…（○）

露天風呂…………（◯）

静かなたたずまい……（　）

というように評価が低い項目には丸がついていないのだ。私は直観的にこのガイドブックを信用した。そしてこの評価表を頼りに十数軒の宿に行き、評価がはずれていたことは一度もなかったのだ。かくして私は一泊一万二千円以内、山奥の一軒宿、連泊可能という文句なしの宿を何軒か確保したのである。

しかし問題がなくなったわけではない。宿泊料が、書きあげた小説の稿料をはるかに上まわるのである。いつか自室で書けるようにならなければと思うのだが、今年温泉に滞在したのは九十日以上であった。

ああ、故郷

私の著者紹介などの略歴は〈神奈川県出身〉となっている。ところが、ここだけの話だが、私は横浜生まれではない。妹もふたりの弟も横浜生まれなのになぜ私だけよその県なのか、子どものころから許せなかった。三歳から高校を一年で退学になるまで横浜で暮らしたのだから当然横浜生まれだ、と自分にいい聞かせているうちに信じ込むようになり、遂《つい》には公《おおやけ》にもそれで通すようになってしまった。私だけが他県で出生した事情についてはややこしくなるので省略するが、読者を信用して打ち明けるので内緒にして欲しい。これからもあくまで〈横浜生まれ〉といいつづけるつもりなので決して経歴詐称《さしょう》などと騒ぎたてないで欲しい。

話は今から二十年ほど前に遡《さかのぼ》る。両親は別居し、上の弟と妹は横浜西区にある家で父と暮らし、私と下の弟は母とともに家を出て大船のマンションで暮らしはじめた。数年後、横浜共立学園高校を退学処分になった私は、同じ研究生のK子と親しくなった。終電がなくなる時間まで稽古《けいこ》がつづいたときは、K子の家に泊まらせてもらった。歯ブラシや化粧水、下着まで置いていたほどだった。

ある日久しぶりに逢《あ》った妹をK子の家に連れて行った。インスタントラーメンに湯を注いで三分間経《た》つのを待っているあいだ、K子は長崎の思い出を話しはじめた。

「横浜と長崎って似てるんじゃないかな？」私は軽い気持ちで訊《たず》ねた。

「ぜんぜん似てない！」彼女は断固たる口調でラーメンの蓋《ふた》の上に置いてある文庫本をとりのぞき、箸《はし》を右手に持った。

「長崎は今日も雨だったたっていえば、誰だってロマンチックなイメージが浮かぶじゃない。でも横浜は今日も雨だったたってなるとさ、梅雨みたいでジメジメ、イライラ、うっとうしいだけだよ」そういってK子がズ、ズ、ズとラーメンを口に入れたとき、妹が異様に甲高い声で反論したのである。

「横浜たそがれっていうとさ、山下公園や港の見える丘公園をイメージして恋人たちの夜がはじまるって感じじゃん。でもさ、長崎たそがれっていってもねぇ、なんか不景気でさ、さびれた街って感じ。ね、お姉ちゃん」

「でも愛里《えり》ちゃん、はるばるきたぜ長崎へっていったらだよ、」K子は箸を置いて妹の顔を見た。

「それ函館《はこだて》じゃなかったっけ？」妹はラーメンの汁を飲んだ。

「はるばるきたぜ長崎へだったら、女の子を追いかけて港にたたずむ男を想像するばってん、はるばるきたぜ横浜へだと、サラ金のとりたてにきたパンチパーマのお兄ちゃん浮かぶとよ」とK子は長崎弁で応じた。

「そうかなあ？　あたしは船に乗って夜逃げした一家が浮かぶよ。はるばるきたぜ長崎へだとね」

他愛《たわい》のない応酬だが、ひとは自分の故郷を自慢したがるものだ。「そんなのあたりまえじゃん」と思うかもしれないが、もう少しがまんして読んで欲しい。私はアイデンティティとは何か、祖国とは何かについて論考を発展させようとしているのである。

サッカーファンだったらすぐにわかるであろう今年の十月十一日、私は自宅で編集者のM氏と打ち合わせをしていた。テレビではワールドカップ予選の日本対ウズベキスタン戦を中継していた。

「柳さんはこういう場合、どっちを応援するんですか？」とM氏は訊ねたが、私は「別にサッカーには興味ないから」と言葉を濁して打ち合わせのつづきを促した。日本は前半にゴールを奪われ、これで負けたらフランス行は絶望的だな、と思って観《み》るともなしに話の合間に画面を観ていると、後半、日本がボールを奪いゴールめざして突き進んで行くのを目にした私はなんと、「行け！ 行け！ やれ！」と叫び、「ロペス、決めろ！」と拳《こぶし》で机を叩《たた》いた瞬間、見事同点ゴールが決まり、「ヤッタ！ ニッポン！」と万歳をして立ち上がってしまったのである。呆然《ぼうぜん》と私の顔を見上げているM氏に気づいてあわてて椅子《いす》に座り直したが後の祭りである。

「わかりました、十二月七日が締切りですよね……」私はうつむいて消え入るような小さな声で断るつもりだった原稿を引き受けた。

日本が、アラブ首長国連邦との第二戦を引分で終えると、あわや暴動という寸前までサポーターの不満が爆発した。オリンピックで日本の野球チームが連敗してもあれほど過熱することはあるまい。ナショナリズムの発揚だといえなくもないが、日本のサポーターたちは中南米やヨーロッパのサッカーファンの過激さを真似たかったのではないだろうか。つまりせめてサポーターだけでも国際レベルに達したいと思ったのではないか。

話は戻るが、K子は劇団に一年だけ所属して今では二児の母である。ときどき長崎チャンポンやカステラを送ってくるのだが、私はお返しに崎陽軒《きようけん》のシューマイを送るわけにもいかず、大いに困ってしまう。雨が降るたびに、ふとK子を思い出して口にする。

夢破れて、港あり。
すべての国は港で繋《つな》がっている。

掌《てのひら》と手

私が生まれたとき、祖父は保育器の中を覗《のぞ》き込み、私の手を見て、「指が長いから、ピアニストにするといい」といったそうだ。

母は、私が三歳になると近所のピアノ教室に通わせたのだが、私は稽古《けいこ》をさぼることしか考えていなかった。

何年か前、街角の易者に手相を見てもらうと、三十歳までに男性関係がすべて喪《うしな》われるといわれてしまった。今年二十九だから、あと一年である。当たるはずなどないといいきかせてはいるものの、掌に目を落とすことが多い。気にしているのだ。

山奥の温泉宿へ行くと、気晴らしに山路を歩き、湧水《わきみず》を掌で受けて飲み干す。そんなとき、ふと手は小宇宙だと思う。目で世界を見る、耳を澄ます、想像力を働かせる。でも真に感じるのは、手で触ったものだけだ。何といっても生まれ落ちる瞬間、手で受け止められるのは、生き物のなかで人間だけだろう。

ストロベリー色の血

私にとって色の描写は文章上もっとも難しい表現のひとつである。比喩《ひゆ》を使おうにも既に使い尽くされているようにも思えて、かといって紺碧《こんぺき》の空、エメラルドグリーンの海、などという決まり文句を使えるはずもない。

私はサクランボが大好きで、六月のシーズン中は毎日のように食べ、安いチケットでアメリカ西海岸五泊六日の旅に行けるくらいは費している。誕生日が六月二十二日の夏至ということもあって、何年も前から高価な箱詰めのサクランボをプレゼントしてくれる友人がいるのだが、箱に並んだ宝石のように輝くサクランボをつまみあげて陽にかざし、いったいこの色をどう表現したらいいのだろうか、と嘆息を吐いては口の中に放り込む。

たとえば、血の色の表現に窮したら、カラーチャートから色の名を拾い出す方法も考えられる。マゼンタ、ブロンズレッド、シグナルレッドなどの耳慣れない色の名を使うと、それだけで気の利《き》いた表現のように思えてくるのは確かだ。ところが、「ストロベリー色の鮮血が飛び散った」という文章を思いついたとしても、他の作家が表現していれば盗用の誹《そし》りは免れない。使用済かどうかはチェックのしようがないので、きっと大丈夫だろうと当て推量するしかない。そして幸いにも他の作家が使っていなかったとしても、一度使えば二度と使うわけにはいかない。うまく表現できず、一行だけで一日、ことによると二、三日頭を悩ませて、「呪《のろ》いを滲《にじ》ませたローズレッドの血が床にしたたった」などという怪しげな言葉をひねり出すこともしばしばだが、ホラー小説のようだと文芸評論家の眉《まゆ》をひそめさせているだけなのかもしれない。だからなるべく色を表現しないようにしているのだ、と書棚から戯曲『グリーンベンチ』を抜き取って頁《ページ》をめくってみた。

季《とき》は八月。まとわりつくような蟬《せみ》の鳴き声が聞こえる。

空にぎらぎら油絵の具を塗ったくったような真夏の昼過ぎのテニスコートで、陽子とその弟の明がテニスをしている。

ネットの横にあるグリーンのベンチには、陽子と明の母である泰子が腰を下ろして、行ったり来たりするテニスボールを目で追っている。

泰子（ぶつぶつ呟《つぶや》く）……黄色……白……赤……ピンク……黄色……紫……黄色……白……。

自作を読み返す機会などほとんどないので、これほどまでに色を並べたてていたことをすっかり忘れていて、いったいどうしたことだろう、としばし呆然《ぼうぜん》とした。これは冒頭のシーンなのだが、「ひなぎくは割れた桜貝のような白」、「忘れな草はパパが吐きだす煙草《たばこ》の煙の色」という台詞《せりふ》がつづき、ラストシーンのト書には、「月で漂白されたような青白い一家の幻想の庭が浮かびあがる。そして、色とりどりの花々が泡立つように咲き始める。色の洪水――華やかな墓場だ」と書かれていて、全編色であふれているのである。二十四歳のときの作品なので、当時の私はまだ表現することの恐ろしさを知らなかったのだろう。

ひとは日常会話の中でもさまざまな比喩《ひゆ》を用いるが、ブルーな気分、顔を赤らめる、というように、特に感情や気分を表すときに使っている。心模様は万華鏡《まんげきょう》のように変化するので、無限に存在する色を借りて表現するしかないのだ。無限といったが、人間が識別できる色の数は約一千万種だそうである。色の専門家は別として、普通のひとが知っている色の名称はせいぜい五十程度、多いひとでも百色を越えることはないだろう。若いひとは、灰桜、洗い柿《がき》、利休色、萌葱《もえぎ》、瑠璃色《るりいろ》といってもピンとこない代わりに、サーモンピンク、ピーコックグリーン、セルリアンブルーなどは簡単に識別できるのかもしれない。

色と言葉はよく似ている。配合によって無数の色が誕生するように、言葉も組み合わせ、レトリックによって新しい表現として生まれ変わる。古くから使われている色と言葉でも、ちょっとした用法の工夫で意表を衝《つ》く新鮮なものになる。そして微妙な色を知覚するために細心の注意を払わなければならないように、言語表現もまた感覚を鋭くしなければ新しいものを生み出すことはできないのだ。

いつか、陽にかざし口に含む前に、サクランボの色を描写してみたいと思う。

自分の死亡記事

柳美里さん変死？　玉川土手で死去

作家の柳美里（ゆう・みり）さんが十六日深夜、玉川土手で倒れているのを、兼業農家の宮川幸男さんが発見した。世田谷《せたがや》署は、薬物中毒あるいは殺人によるものではなく病死という見方を強めている。外見上、不審なところはないものの、警視庁は遺体が運ばれた同宅に検視官を派遣した。

柳さんは昭和四十三年に横浜で生まれ、父親は旭《あさひ》御殿（現アサヒエンタープライズ）に勤め、その父親の勧めで女優を志した。しかし歯列矯正の失敗で言語機能に障害を持ち女優を断念、戯曲、小説を書くに至った。柳さんはかねてから親しい編集者などに、太宰《だざい》治の入水《じゅすい》自殺への憧《あこが》れを語っていたが、玉川を捜索した世田谷署は心中の相手らしき遺体は見つからなかったと発表している。また別の編集者によれば、永井荷風の死にも憧れていたというが、高額の預金通帳を残した荷風とは異なり、金魚鉢の中で見つかった通帳の残高は二十三円だったという。その後、世田谷署は単なる「行き倒れ」だと断定した。（十九面に関連記事）

文芸評論家A氏（匿名希望《とくめい》）の話　柳さんが亡《な》くなったのを知って心からほっとしています。代表作は私も読んでいない、幻の小説といわれている『石に泳ぐ魚』でしょう。

Ⅲ

東京都港区海岸三丁目七番十九号

私の処女作『水の中の友へ』を上演した劇場である、WATERは芝浦の倉庫ビルの五階にあり、私がもといた劇団の稽古場《けいこば》だった。一方は高速道路、もう一方は海——、あたりには家も店もなく、聞こえるのは自動車と波の音だけだった。

『水の中の友へ』は、家出した主人公が水面に映る自分の姿に溺《おぼ》れるようにして自殺するというストーリーだった。

——舞台に公園の砂場をつくり、その中にテレビや家財道具や人形を埋め、ブランコを吊った。

開演のベルが鳴った。ひたひたと水の気配が忍び寄ってきて、あらゆる思い出と恐怖をひとつにした航海がはじまる。私は芝居を観《み》ていたのではなく、海を斜めに横切る船の行方を追っていた。暗転するたびに埠頭《ふとう》の寂《さ》びた灯《あか》りが見えた。

幕が降りると、まばらな拍手があって、噛《か》みしめた唇に血の味がした。十九歳だった。

七つのころに書いた日記

「私はあなたのことを盲目なのではないかと思っていました」ある企業誌の取材で、初対面の男のひとにいわれました。私はなぜか、ドキッとしました。

彼は少しうつむいて、「『静物画』というあなたの戯曲を読んで、あなたの色彩に対する思い入れが異常なくらい強いように思ったので……」と少し残念そうに『静物画』の舞台である女学校の教室の窓から見える、まだ乾かない水彩画のような滲《にじ》んだ青い空や、五月の風に舞う林檎《りんご》の花びらの話をはじめました。

帰りの電車に揺られながら、私は自分がなぜドキッとしたかを冷たい硝子《ガラス》戸に頬をくっつけてぼんやりと考えていました。

私は自分のどこかが欠落している……何か重大な欠陥があるとずっと思いつづけていました。

いつから……？　確か……七つのころから……。

小学校に入学して数年間、私は教室の中で声を出すことができませんでした。担任の先生に名前を呼ばれても、「はい」と返事をすることができなかったのです。はじめてもらった通知表の、先生から親への通信欄には、「お友だちとお話するのは嫌いなようですが、〈お花の水やり係〉としてよく頑張りました」とひと言だけ書いてありました。

〈お花の水やり係〉とは、朝と放課後にみんなの朝顔に水をやる係です。別に花が好きだったわけではないのですが、誰とも話をしなくても済むのでその係を選びました。

そのくせ、私は誰かと話がしたくてたまりませんでした。友だちが欲しかったのです。けれど、私の咽喉《のど》には剃刀《かみそり》の刃がつき刺さっていたようで、どうしても言葉を声にすることができませんでした。それは、靴に小石が入って、歩くことができないときのような……ほとんど肉体的な感覚でした。

ほんとうはとても好きだった隣の席に座っていた男の子に、授業中、コンパスの針で腕をつつかれて血が出ても、昼休み、人気者のクラスの女の子のグループに砂を投げつけられて目に砂が入っても、私は「痛い！」という言葉を音声にできませんでした。

胸に沈んだ「痛い」という言葉は発酵して、「殺してやる」という言葉になって頭の中に浮きあがってきました。洗濯機の中の洗濯物のように頭の中をぐるぐるまわる、言葉を話すことができない身振り手振りのたくさんの私自身の影……。頭の中の洗濯機の壊れた停止ボタンを何度も押しながら、私は重いランドセルを背負って家路を辿《たど》りました。

家では、パチンコ店の釘師《くぎし》である父と母の溜《た》め息合戦が待っています。

『アイゴチュケッター（あぁあ疲れた）』

そして、その溜め息合戦は夫婦喧嘩《げんか》の前兆で、必ず数分後には意味のわからない韓国語の嵐《あらし》のような罵《のの》りあいが始まるのでした。父が母を殴って、母の右耳の鼓膜が破れてしまったのも確か私が七つのころです。

七つのころから私は日記を書きはじめました。自分の中に、ざらざらと猛々《たけだけ》しく湧《わ》いてくる「殺してやる」という口に出せない欲望を、覚えたばかりのひらがなで言葉にしました。

日記の中で、私は何人もの先生や同級生を殺しました。若いのに耳が遠い母も、洗濯物の山、布団《ふとん》の端、カーディガン、新聞紙なんかに首を縮めて眠っている痩《や》せた妹や弟たちも、哀《かな》しそうな父も、哀しそうで、剃刀の傷だらけの顔なんかしているからこそ殺してやりました。そして、もっとも憎むべきどこか不具《かたわ》である自分を繰り返し、何度も、何度も殺しました。日記の中で殺さなければ、現実の中でほんとうに殺してしまいそうで怖かったからです。

その七つのころに書いた日記が私の原点です。

花と卒業式の春に

昨夜、煙草《たばこ》を買いにサンダルを履いて外に出たとき、どこかで花が咲いているのか、甘い匂《にお》いが夜気に混じっていた。私は一年の中で花の咲く季節がいちばん苦手だ。どこにいてもいたたまれないので、なるべく部屋から出ないようにしているのだが、ベランダで育てている葡萄《ぶどう》の木が紫色の芽を吹き、私は春の気配に徹底的に追い詰められてしまう。花の蕾《つぼみ》と木々が芽吹く香りは死化粧の芳香に酷似していて、私は息が苦しくなる。

〈花〉という言葉を辞書で引いてみた。

〈種子のできる高等植物の生殖器官で、葉の変形したもの〉

花は生殖器官なのだ。

だから、女たちは花びらのようなブラジャー、スキャンティ、ペチコート、キャミソール、ストッキングを身に纏《まと》い、花粉のような白粉《おしろい》、アイシャドー、口紅で自分の顔を染め、花の香りに似た香水をつけるのだ。

十代のころ、キャバレーで働こうと思い面接に行ったことがある。化粧はしません、といったら落とされてしまった。今も化粧品は何ひとつ持っていない。

小学校の入学式の前日、母は私の髪にパーマをかけた。そのパーマは失敗して、長い間〈オチャノミズハカセ〉とイジメられた。少女マンガにかぶれていた母は、毎朝私の髪を編み込んでリボンで結んだ。私はそのリボンが嫌でたまらなかったので、学校に着くまでの間にいつも毟《むし》りとっていた。

小学校低学年のころ、私は冬でも半ズボンを穿《は》いて駆けまわっていた。学校から帰ると、弟を連れて公園に行き、暗くなるまでサッカーの練習をした。ある日、弟が思いきり蹴《け》ったサッカーボールを胸で受けたとき、とても痛くて、私はボールを蹴り返せなかった。体が柔らかくなりはじめ、半ズボンが似合わなくなったそのころから、私は猫背になりうつむいて歩くようになった。

鏡に映った自分の体はぞっとするほど醜くて、十二の春、はじめて自殺を考えた。

それからは死ぬことしか頭になかった。

剃刀《かみそり》で手首を刻んだり、ウイスキーを一瓶空けて海に飛び込んだり、睡眠薬を飲んだりしたが、なぜか死ななかった。

十五の春、高校を放校処分になった。

私は中学校と高校がいっしょの私立のミッションスクールに通っていたのだが、家出、自殺未遂を繰り返すたびに停学になった。そして高校一年のとき、他の生徒の迷惑になるからやめてくれといわれた。明日どちらかの親を連れて校長室に行くように、と担任にいわれたので、私は母に頼んだ。母が嫌がったので、私は父が勤めているパチンコ屋に行った。翌日、父は校長室で、娘をやめさせないでください、と土下座してしまった。校長は父を見下ろして、他の生徒に毒をばらまいているんですよ、と冷ややかにいった。私は窓の外に視線を逃し、音楽室で同級生たちが歌っている讃美歌《さんびか》を聞いていた。

校門までの道は、桜の花びらで真っ白だった。父に謝りたかったのだが、私の唇はへの字に歪《ゆが》んだままだった。父の背中は、居眠りをしている人の背中のように揺れていた。私は花の匂いの中から父の哀《かな》しみを嗅《か》ぎわけた。

風景が花で汚れるこの季節、電車に卒業式の衣装を着た女子大生が乗ってくると、私は別の車両に移動する。

私は卒業式というものに一回しか出席したことがない。小学校の卒業式が最初で最後だった。同級生の女の子は泣いていたが、私はちっとも哀しくなかった。イジメやリンチばかり受けていたので、彼らと離れるのは喜ばしいことだったのだ。私は式のあいだ中、笑いを必死になって堪《こら》えていた。同級生たちは母親と肩を並べて校門の前に立ち、彼らの笑顔をフィルムに焼きつけるために、父親がカメラを構えていた。私の一家は離散したばかりだったので、記念写真どころではなかった。

私は花壇のチューリップを引き抜き、その首をへし折り、靴で踏みにじってから校門を出た。裸になった茎をポイと車道に投げ捨て、母と棲《す》みはじめたマンションに電車で帰った。そして、将来小説家になりたい、と書いた卒業文集を机の奥に隠し入れ、鍵《かぎ》をかけた。

十八の春、戯曲を書きはじめた。葬式をしたかったのだ。私にとって芝居は葬式なのだ。葬式というものは、いつだって死者のためではなく、生き残った者のために行われる。〈お花のない埋葬は悲しいものです〉。これはフランスのある花屋が出した広告だが、柩《ひつぎ》の中の死者を花で埋め、墓を花で飾るのは、その人のなまなましい死を忘れるためなのだと私は思う。生き残った者は死者を忘却の淵《ふち》に沈め、生きつづけなければならない。

私は九本の芝居を書いた。死ねなかった自分を芝居の中で九度殺し、九度弔《とむら》ったわけだ。

今年、『魚の祭』で岸田戯曲賞を受賞し、授賞式の壇上で父の姿を見たとき、私は父のために卒業式をしているのだ、という思いがこみあげてきた。

これからはまじめにやります

私にとって九三年ほど慌《あわ》ただしく過ぎた年はなかった。日めくりが風に煽《あお》られていっぺんにめくれてしまうように——年が暮れてしまった。我ながら驚くほど仕事をした（と思っている）にもかかわらず、年内に発表する予定だった小説は、いまだ書けていない。

——小学校のころを思い出す。私は宿題を忘れてよく居残りをさせられた。担任のO先生が教員室に行っている間、私は鉛筆を投げ出して、窓の外で半熟卵のように潰《つぶ》れてゆく陽をぼんやりと眺めていた。O先生はいつの間にか教室の入口に立っていた。「柳さんが本気でやれば一番になれるって、先生は思ってたのに……でも柳さんは怠け者ね」O先生は溜《た》め息を吐《つ》き、私に教科書とノートを片付けるようにいった。O先生はあきらめたのだ。匙《さじ》を投げたのだ。私はその場にずぶずぶと沈んでゆくような気がした。

「これからはまじめにやります。そんながっかりした顔をしないでください」といいたかったが、言葉にならなかった。

私はただの一度も、何かに本気で対《むか》ったことがないような気がする。切羽詰まると、死んでしまえばいい、と安易に死を思い浮かべる情けない人間だ。それでも私は九四年にすべり込もうとしている。

大時計のチクタクという音は、まるで時をかじるネズミのようだ。

（アルフォンス・アレー『黒猫』）

来る年、私は二十六になる。

私は小説を書く

誰にいっても信じてもらえないが、おみくじを引くと必ず〈凶〉なのだ。気をとりなおして別の神社に行って再度引きなおしたこともあるが、やはり〈凶〉だった。その〈凶〉は、いったい過去、現在、未来のいずれを表しているのだろうか？　それとも私自身の存在自体が凶だとでもいいたいのだろうか？　思い返してみれば、物心ついたころから私のまわりでは禍々《まがまが》しい出来事ばかりが起こった。永遠に〈希望〉が出てこないパンドラの函《はこ》を開けているような気がする。いつの間にか哀《かな》しみや驚きは麻《ま》痺《ひ》してしまった。私に残ったのは、痛い、というくっきりした感覚と、憎い、という煙のように纏《まと》いついて離れない感情だけなのだ。痛いと憎い、このふたつだけを頼りに七年間書いてきたといってもいいだろう。だから私は〈凶〉との出逢《であ》いを大切にしている。未来はすべて過去にある、という誰かの言葉を信仰しているのだ。私に未来があるとしたら〈凶〉の中にしかない。

だから計画を立てたり、新しい年への抱負を持つこともない。

にもかかわらず、私は占いの本をよく読む。良い運勢のときは忘れ、悪い運勢のときだけ一言一句記憶する。その言葉は私の中を血液のように巡るので、つい言葉通りのことをしてしまう。その最悪の事態を夢見るようになってしまう。失《な》くしてはいけないと思うものは必ずといっていいほど失くす。絶対に裏切らないという誓いも――。

約束を言葉にすると唇が強張《こわば》ってしまうのだ。

レールモントフの「帆」という詩を、毎日手にとる雑記帳の表紙に書き殴ってある。

その下には紺碧《こんぺき》にまさる青き流れ、

その上には黄金なす陽の光。

されど、

憩《いこ》いを知らぬ帆は、

嵐《あらし》の中にこそ平穏のあるが如《ごと》くに、

せつに狂瀾怒濤《きょうらんどとう》をのみ求むる也《なり》。

小学校の卒業文集に、小説家になりたい、と書いた。十八のときに書いた処女作は戯曲だった。それから九本の戯曲を書いた。

九三年が明けたとき、今年は小説を書きあげると決めた。一ヵ月が過ぎ、二ヵ月が過ぎ、書く速度は落ちていった。私は書けなくなると、酒場を恋い焦《こ》がれるようにして、ワープロから逃亡することをおぼえた。日曜の夜も、閉まっているのはわかっているのだが、よく顔を出すＢＡＲに足が向き、鍵《かぎ》がかかった扉を揺すってみたりした。――これでは小説は書けない。小説を書くというのは、（多分）朝から晩まで蟻《あり》をピンセットで摘《つま》むような地味な作業なのだ。私は毎日、耐え難いほどひとが恋しくなりながら、一向に打ち出されない空白の画面を睨《にら》みつづけた。挙句の果てにやっとの思いで書きあげた五百枚の原稿を燃やした。――小説は無理かもしれない、そんな気持ちに捕らわれた。案の定、まだ完成していない。しかし書くということをやめて、社会に向き合うと、私はただの不具《かたわ》である。一桁《けた》の足し算も手の指を使わなければできない。

母は岸田戯曲賞のパーティーで、「障害者のような娘を持って、何度もいっしょに死のうと思いました」と語っていたが、書くことをやめた私には生きる資格がない。

先日知人の結婚式に出席した。私の隣の席は沢木耕太郎さんだった。沢木さんは新郎の他は誰ひとり知ったひとのいない私に話しかけてくれた。

「何時ごろから書くんですか」沢木さんに訊《き》かれ私はドキッとした。

「夕方起きて、ご飯を食べて、夜十時くらいから書きはじめます。そうですねぇ……朝九時ごろまで……。完全な夜型ですね」私は大嘘《おおうそ》をいった。嘘をいった自分が恥ずかしくて、「沢木さんは」と訊きかえした。

「僕は逆だな。早朝に起きて、本を読む。八時に朝食をとって、それから夕方まで執筆。勤め人みたいでしょ。夜は人と会ったりね」

そして淡々とした口調で、

「僕にもTVのキャスターをやらないかとか、CMの依頼がくるんだけど、全部断っているんだ。少しは迷うけどね。酒のつきあいも今はあまり」と私の目を真っ直《ま》ぐ《す》見据えていった。沢木さんは書くことだけに真摯《しんし》に取り組みなさい、と私を励ましてくれたのだ。私は、はじめて書くことについて言葉を交わした一流のプロフェッショナルの、身の律し方への凄《すご》みに圧倒されながらタクシーで家に帰った。

その夜、したたかに酔っていたにもかかわらず眠れなかった。朝六時、沢木さんは起きただろうかと思ったとき、私は書かなければならないと自分に誓った。私の唇は強張っていただろうか？

井伏鱒二《ますじ》氏が太宰《だざい》治について こう書いていたのを思い出しながら眠りに就いた。

「好きなのは小説を書くことである。小説に憑《つ》かれたやうなものであつた。いつ訪ねて行つても、小説を読むか書くかしてゐるところのやうな気配であつた」

これは計画でも抱負でもない。明日から、年を越して、ずっと、私は小説を書く。

ひとつの伝統始めたい

数年前に渡辺浩子さんが演出した菊田一夫《かずお》の『がめつい奴《やつ》』を観《み》たとき、私は心をぎゅっと直《じか》に抓《つね》られたような感じがした。何といえばよいのだろう。緻密《ちみつ》に形はつくるのだが、「うまい」以上の何ものをも感じることができないいわゆる「新劇」、方法論ばかりに走り過ぎる「小劇場」に顔を背け、ひたすらひとの真実の姿に触れようとする気魄《きはく》を感じたのだ。

その夜、家に帰った私はいささか興奮気味に受話器を握りしめ、友人の演出家に「渡辺浩子というひとはいったいどういうひとなの?」と訊《き》いた。

彼は渡辺さんがパリ留学から帰国直後の一九六五年——今から三十年前に民芸で『ゴドーを待ちながら』を演出したこと、当時はそれがひとつの事件として取りあげられ、演劇界に革命的ともいえる新風を吹き込んだことなどを説明してくれた。そして「伝説になってるんだけどなぁ」と私の無知を笑い、話を終《しま》った。

今回主演をする李麗仙《りれいせん》さんにしても数多《あまた》の伝説を身に纏《まと》っているひとだ。渡辺さんが颯爽《さっそう》とデビューしたのとほぼ同時期に、唐十郎率いる状況劇場は従来の演劇における価値観を片っ端から引っ繰り返していった。李さんは状況劇場の看板女優として、その伝説を創《つく》ったのだった。しかし一九六八年生まれの私は又聞きの伝説に耳を傾けるしかない――。

『グリーンベンチ』を上演しようと決めたとき、演出を誰にしようか悩みに悩み抜いた。名前をあげては打ち消し、打ち消したひとをもう一度考え直した。渡辺さんの名前が浮かんだ。絶対に引き受けてくれないだろうな、と思ったのだが浮かんでしまったらもうダメだった。渡辺さんの芝居を上演している劇場に会いに行った。

「私はスケジュール的に百パーセント無理だけど、誰か他の演出家を紹介できないかどうか本は読んでみます。ところで役者は決まっているの?」

主演は戯曲を書いている最中に李さんをおいて他にいない、と思っていた。

何度か会ったのだが、李さんも忙しいひとでなかなか首を縦に振ってくれなかった。これで最後と思い、風邪で寝ている李さんの自宅を訪ねた。

「今の活気のない演劇界に何かを起こしたいんです。これは青春五月党の葬式になるかもしれません。李さん、葬儀委員長をやってください」

李さんは熱でかすれた声で、それでも煙草《たばこ》を喫《す》いながら、「じゃあ、やりましょうか」と出演を承諾してくれていたのだった。

私は渡辺さんと別れてから、この企ては無謀なことだったと、半ばあきらめた。ただ渡辺浩子、李麗仙、そして私という、ほとんど何の接点もないような異なった道程を歩みつづけてきた三人が、演劇が閉塞《へいそく》状況に陥ったこのときに、出会い頭のようにぶつかれば、何かが起こりそうな気がしたのである。面白い演劇が滅多にないように、心がときめくような出会いが、そうあるわけはない、自分にいいきかせて帰路についた。

ところがその夜、「スケジュール的には百パーセント無理だけれど、自分が演出してみたい」という渡辺さんからの電話をもらったのである。

W・サローヤンは、古典とは、「一つの最初の作品、一つの伝統の始まり、人間の経験、理解および表現の新しい境地の開拓」だと、T・ウイリアムズは、「従来の慣習をやぶった新しい劇の手法は、すべて、正しい目的をただ一つだけ持っており、それによって支えられている——より近く真実に迫っていこうとする意欲、これが、それである」といっている。

願わくば、『グリーンベンチ』が私にとっての古典になると同時に、新しい劇になるように——あと数日で幕があく。

〝無頼派〟演劇術

私の預金通帳の名義は〈青春五月党代表柳美里〉となっている。銀行の窓口で番号カードをもらって待っていると、青春五月党様と呼ばれる。私はそのたびに赤面する。また不在小包を郵便局に受け取りに行くと、お宛名《あてな》はと訊《き》かれ、青春五月党ですと答えると、決まって、え？と訊きなおされる。青い春の青春に、季節の五月、自民党の党ですというと、失笑されるか怪訝《けげん》そうに眉《まゆ》をひそめられるか、どちらかだ。

青春五月党というのは、私が十九歳のときに旗揚げした劇団の名前である。命名したのは私だ。

家出ばかりしていた十代前半に、私は太宰《だざい》治の『晩年』を読んだ。本屋で全著作を買って一気に読み、それだけでは気が治まらず、神田の古本屋を歩きまわり、絶版になっている太宰のことを書いた評伝を買い集めた。その中の一冊に、太宰の友人で、同じく無頼派と呼ばれた作家、檀一雄《だんかずお》の本があった。その本によると、都新聞（今の東京新聞)の入社試験に失敗した太宰のために友人たちが集まり、慰め会のようなものを開いたという。それが五月だったことから、誰かが「我ら青春五月党」といったそうだ。

一昔前なら、太宰治のファンです、というのは平凡な文学少女だったのだろう。今でも太宰治の文庫本は売れているが、「実は僕も」と太宰について滔々《とうとう》と語りはじめるのは中年の男のひとに決まっている。

私が劇団に「青春五月党」という名前をつけたのは、この世界に無頼な輩《やから》がいなくなったからである。無頼とは、危ない奴《やつ》であり、哀《かな》しい男であり、あまりにも人間的ということであろう。そんな輩はいつの時代からかきれいさっぱり消えてしまった。

友人の演出家が、「芝居とは結局、この世にあって欲しいけれど、実はないものを描けば成功するんだ」といっていたが、私もまたこの世に不在の人間たちを登場させ、せめて舞台の上だけでも存在して欲しいと切望しているのかもしれない。死んでしまったひとを、たったひとりだけ役者として舞台にあげていいといわれたら、私は中原中也《ちゅうや》を指名するだろう。彼が現代に生きているとすれば、もちろん詩人としてだろうが、別の職業の可能性を考えると、役者が相応《ふさわ》しいと思う。少なくとも私は彼のために書き、熱心に出演交渉するに違いない。

私と太宰治とはただ一点、自殺という言葉で繫《つな》がっている。私は自殺未遂を繰り返しているとき、演劇というか細い一本の糸に縋《すが》りついた。私が演劇の世界に魅《ひ》かれたのは、演ずることでもなく、演出することでもなく、やはり言葉であったと思う。言葉が私をこの世に繫ぎとめていて、その言葉だけが、私の現実（リアリティー）だったのだ。

死のうと思っていた。ことしの正月、よそから着物を一反もらった。お年玉としてである。着物の布地は麻であった。鼠色《ねずみいろ》のこまかい縞目《しまめ》が織りこめられていた。これは夏に着る着物であろう。夏まで生きていようと思った。（太宰治『晩年』）

このあまりにも有名な言葉のように、私は、この芝居が終わるまで生きてみよう、と思いつづけてきた。

無頼というのは、この世で辻褄《つじつま》のあった現実を一切斟酌《しんしゃく》しないということである。この世を逆さまに生きてみるということだ。演劇とはこの世を逆さまに、とまでいかなくても裏側や側面から覗《のぞ》き込んでみるという〝からくり〟のようなものであって、この世をあるがままに観《み》るのを断固拒否することからしか生まれない地獄絵図か曼荼《まんだ》羅《ら》のようなものなのだ。

それならば私は私の内なる世界に在った〝家族〟というものを書こうと思った。

それは私自身を弔うことであり、私の家族のさらなる崩壊を視凝《みつ》めることであり、再生させることでもあった。それをつきつめれば世界を葬《ほうむ》ることであり、世界を壊して再生させるという途方もない試みだともいえるのだ。

無頼とは政治性を持ちえない革命家といえるかもしれない。

芝居を書きはじめた私に、パチンコ店の釘師《くぎし》である父がこういったことがある。

「芝居を創《つく》るんなら世界を震撼《しんかん》させるようなものをやれ」

父には申し訳ないが、私の芝居で世界が引っ繰り返ることはないだろう。ただ私は客席に座っている私か、誰かもうひとりの私が引っ繰り返るような芝居を書きたいと思っているにすぎない。

演劇は私たちの国ではマイナーなものだが、ある演劇人にいわせると「世界最古の芸術であり、石油が失《な》くなれば映画もテレビもこの世から消えるだろうが、演劇は残る」のだそうだ。すべての演劇人たちは、もしかしたら地上から石油が消失し、月明かりか松明《たいまつ》を頼りに野外で芝居を上演することを夢見ているのかもしれない。つまり演劇は〝ひと〟がすべてなのだと。この世でテレビが弾圧され、観ることを禁じられるという設定で、失業したディレクターがどこかの路地裏でポン引きか麻薬の売人のように「いいテレビが観れますよ」と誘うというテレビドラマがあった。しかし演劇人たちは実際に「いい芝居がありますよ」と誰彼かまわず勧誘しているのだ。それが演劇の栄光だと胸を張るつもりはないが、私が芝居を書くもうひとつの理由かもしれない。つまり、あって欲しいが、なかなかこの世では存在しないもののひとつとして。

未完のドラマ

　はじめて戯曲を書いたのは、十八のときだった。

「どんな芝居？」とひとに訊《き》かれるたびに「太宰《だざい》治へのラブレターです」と答えた。あるいは「遺言です」と。家出ばかりしていた十代前半のころの日記を断片的にちりばめた、一時間ちょっとの芝居だった。

　ただ砂を敷き詰めただけの舞台。主人公は入水《じゅすい》自殺し、彼を慕っていた少年は、客席に向かって咽喉《のど》がかすれるまで呼びつづける。波音が大きくなり、少年の叫び声は自分の嗚咽《おえつ》に呑《の》み込まれる。そして胎児のように丸くなって、砂の上に打ち上げられた魚のように眠る。

　高橋源一郎氏が週刊誌のエッセイに書いているように「ほんと、戯曲を説明するのは難しい」のだ。

　それから九本の戯曲を書き、十本目の戯曲がある文学賞の候補にあげられた『グリーンベンチ』である。

まさか戯曲が文学賞の候補になるとは夢にも思わなかったので、通知を受けたときは、こんなことが起こっていいものだろうかとただ狼狽《うろた》えるだけだった。しかし数分後に、戯曲で賞を頂けるなんて有りえない、ということに気づき、興奮は冷めてしまった。そのとき、ふと思ったのは、もし小説でノミネートされたのであれば、事情が違っていただろうということだ。とても発表の日まで冷静ではいられなかったに違いない。

それではなぜ戯曲なら、というと、うまく説明できそうもないが、多分私の中に文学における戯曲は決して嫡子《ちゃくし》ではない、という意識があるせいだろう。

つい先日来日した、ニューヨークのプロデューサーとして名高いエレン・スチュアートによると、ニューヨークではストレート・プレイはもはや死に絶えたも同然だそうだ。アーサー・ミラーの新作も酷評され、私がもっとも好きな劇作家のひとりであるサム・シェパードも『埋められた子供』以来、まともな作品を書けないでいるそうだ。しかし私はこの八年間、ストレート・プレイを書くためだけに生きてきたのだ。

私が戯曲を書きつづけているのは、私の中に書架に入れられない〈ドラマ〉があったのだというしかない。それはこの世の現実と、他者に対する〈憎悪《ぞうお》〉、それを生み出すに至った私の過去——つまり有り体にいえば〈学校〉と〈家族〉にあったのだろうと思う。

いつのころからか小説を書いてみようという漠然とした気持ちを抱くようになった。なぜ小説かと訊かれれば、私の中に〈ドラマ〉ではない、書くということへの強い執着があるからだとしか答えようがない。ただ私の刻印がある文章を書きたいということだ。私は〈憎悪〉を超えて、言葉を創《つく》りたいと切望したのだ。

去年の暮れ、約半年間かけて、五百枚の小説を書きあげた。しかし読み返した後、私はベランダでそのすべての原稿を燃やした。自分が書いたものを焚書《ふんしょ》するのは実に不思議な気がするものだ。哀《かな》しいとか悔しいというのとも異なり、堕胎の絶望感とも異なる。そのときの私は奇妙にすっきりとし、何者かを畏怖《いふ》しているかのように厳粛な心持ちだった。そして今年の頭から二ヵ月かけて完成させたのである。

戯曲は演出家と役者を通して興行として観客の前に引きずり出される。小説は編集者を通して出版され読者に頁《ページ》をめくられてゆく。戯曲はあくまで舞台化された上で評価されるのだから、多少のエクスキューズが許されるが、小説はまさに私そのものが裁かれる、というのが実感である。

最近よく「芝居をやめて小説家に転向するの？」と訊かれるが、私にとってはいちばん困る質問だ。私の過去にきれいさっぱり落とし前がつけば、必然的に私の〈ドラマ〉は失われてゆき、一行たりとも書けなくなるかもしれないが――、おそらくそんな幸運は訪れてくれないだろう。

小説は書きつづけるつもりだ。戯曲をはじめて書いたときは、五年書きつづけなければ満足のいくものは生まれないと考えたが、小説も同じだろう。

私の中のドラマは完結していない。そして私は小説の処女作を世に出そうとしているところだ。

〈憎悪《ぞうお》〉を超えた言葉

新宿梁山泊《りょうざんぱく》の金守珍氏を通して、祖国・韓国の劇団から私の戯曲の上演をしたいという申し出があることを告げられたとき、正直いって、ふいに現れた一度も会ったことのない親戚《しんせき》から高価なプレゼントを受け取ったときのような、喜びと気恥しさを感じた。

私がはじめて戯曲らしいものを書いたのは、小学校五年のときだ。学芸会でクラス毎《ごと》に合唱や芝居をやるというので、担任の先生は私に何か書くように命じた。国語の成績が〈たいへんよい〉だったということと、何かに怯《おび》えるように緊張してクラスメイトとほとんど言葉を交わせない私を舞台に立たせるのは無理だと判断したからだろう。私は、日本語を読めない父が見栄《みえ》で揃《そろ》えた世界文学全集の中からシェイクスピアの『冬物語』を抜き出した。そして二晩徹夜同然で、小学生にも喋《しゃべ》れるよう台詞《せりふ》を書き直し、短い芝居に構成したのである。窓の外から私を覗いている月が一夜、一夜、不具《かたわ》になってゆくのを眺めながら。

私は小学校から、中学、高校にかけて友だちと親しくなることができなかった。他人と話をすることができずに軋《きし》んでばかりいる自分を私は言葉で埋めていった。棺桶《かんおけ》の中の死体を花束で埋めるように。そしていわば自閉症的に本を読むことに唯一《ゆいいつ》の救いを求めたのだ。私の友だちは本の中の登場人物だけであり、死んだ作家たちだけであった。奇妙なことに自殺した作家に限りない親近感を感じていた。私自身、中学、高校にかけて、家出や自殺未遂を繰り返し、何度も停学処分になった。私は子どもにとっての社会——家庭や学校から疎外《そがい》されているという強い意識に苛《さいな》まれていたのだ。

そして高校一年のとき、担任の教師に、他の生徒の迷惑になるから学校をやめてくれといわれた。

翌日、父は校長室で、娘をやめさせないでください、と土下座をしてしまった。校長は父を見下ろして、他の生徒に毒をばらまいているんですよ、と冷ややかにいい放った。

校門までの道は、桜の花びらで真っ白だった。父に謝りたかったのだが、私の唇はへの字に歪《ゆが》んだままだった。父の背中は居眠りをしている人の背中のように揺れていた。私は花の匂《にお》いの中から父の哀しみの匂いを嗅《か》ぎわけた。

十六歳の春、ある劇団の研究生になり、他にすることがないという理由で女優としてのレッスンを受けることになった。しかし私は他者の言葉を思い入れたっぷりに喋るということに違和感を感じ、それを押し隠すことができず、一年ちょっとできっぱりと劇団をやめた。

そして十八歳の春、私は戯曲を書きはじめた。

その当時、演劇記者の「あなたにとって芝居とは何ですか?」という問いに、「お葬式です」と私は答えている。何かを葬《ほうむ》るため、あるいは死ねなかった自分を芝居の中で殺し、弔おうとしたのかもしれない。とにかく私の中には書かずにはいられない〈ドラマ〉があったのだ。その〈ドラマ〉を創《つく》り出したのは、私を葬ろうとした(と私が感じた)この世の現実──私の過去、有り体にいえば〈学校〉と〈家族〉なのではないかと思う。そして書くことでしか生きる証《あかし》を確認できないこと、私の過去が生み出した〈憎悪〉を超えた言葉を創りたいと切望していることによる。

御存知の方が多いと思うが、在日韓国人は三つのタイプに分けられる。

ひとつは、両親の教育方針で厳格に韓国人として育てられ、民族学校に通い、韓国語を喋ることができ、もちろん姓も日本名に改名しないひとたちである。もうひとつのタイプは日本国籍を取っている、いないにかかわらず、日本名を名乗り、自分が在日韓国人であったこと、現にあることをひた隠しにしているひとたち。そして、私がこれにあてはまるのだが、日本国籍の取得を拒否し、外国人登録証明書を携帯し、韓国名を通して生活しているが、片言の韓国語しか話せないひとたちだ。

祖国のひとたちから見れば、私は典型的なパンチョッパリであり、祖国文化の源〈言葉〉に無関心な生き方をしていると思えるかもしれない。しかし私が戯曲を書き、劇作で仕事をしている根拠は、この私の生き方そのものの中にあると確信している。

このことを理解してもらうのは困難だと思うが、試みてみよう。

演劇はいうまでもなく、時間と空間の芸術であり、時間と空間を生み出すのは、ト書と俳優の肉体を通して語られる台詞である。私は母国語を書くことも喋ることもできず、他国の言語で芝居を書いている。しかしこのことが、私の戯曲の言葉を劇的にしているのだ。そして現代劇を必要としている国の言葉は、私の奇妙な言葉との関係と同じような問題を抱えているのだともいえる。

日本語を例にすると――、現代の日本人の四十代以下の世代は、中世どころか、江戸、ひょっとすると明治時代の書き言葉を読むことができないだろう。日本語の原《もと》になった漢文はほとんどのひとが読めない。つい百年前の日本人が、現代の若者の会話を聞いても理解不能だろう（私が韓国語を理解できないのと同じように）。そして外国語（日本では英語）の夥《おびただ》しい氾濫《はんらん》がある。日本人の手によって、英語に精通していなければ到底理解できないような文章が書かれている。

日本では〈バカチョンカメラ〉という、シャッターを押せば誰にも写せるカメラの通称が日常的に使われているが、これはバカでも朝鮮人《チョン》でも使えるという意味であり、韓国・朝鮮人を蔑視《べっし》した差別語であることはいうまでもない。しかしここでは差別語を問題にしているわけではなく、言葉の本来の意味（根）が剝《は》ぎ取られ、差別していることを意識することなしに、言葉が使われているということをいいたいのである。

日本の現代演劇に大きな影響を与えたのは、サミュエル・ベケットの『ゴドーを待ちながら』であるが、ベケットのドラマツルギーは言葉の解体である。いいかえれば言葉のアイデンティティ（私も英語で意味づけている）の喪失である。ベケットの芝居が、他国の言葉のレッスンに示唆《しさ》を受けたことは広く知られている。私が他国語で戯曲を書いていることの意味を、少しは裏づけるものになるであろう。

直截《ちょくさい》にいえば、在日韓国人として、日本語に対して日本人以上に気を使っていたことが、私を戯曲作家へと導いたということは、疑う余地がない。

とにかく十本の芝居を書き、去年日本の唯一の戯曲の賞である〈岸田國士《くにお》戯曲賞〉を史上最年少で受賞した。三十八年の歴史で、約四十名ほどの受賞者の中で、在日韓国人は、つかこうへい氏と、そして私の次に受賞した、〈新宿梁山泊〉の座付作者、鄭義信《ちょんうぃしん》氏と、私の三人である。映画界でも一九九三年度の日本の主要な映画賞を独占した崔洋一《さいよういち》氏など、演劇・映画界での在日韓国人の作家たちの存在は大きなものになっている。

『向日葵《ひまわり》の柩《ひつぎ》』は在日韓国人を通して、不毛に擦れ違ってゆくしかない存在証明を描いた、あるいは鉄屑《てつくず》置場のロミオともいうべき主人公を通して、〈分断〉され壁を乗り越えようとして果たせないでいる家族の崩壊を描いたものである。

『魚の祭』は、次男の突然の死、そしてその葬儀の中で、無残にも砕け散った硝子《ガラス》の破片を一欠片《かけら》一欠片拾いあげるように、家族の愛を回復する、崩壊した家族の蘇生《そせい》の物語である。

この二作品の連続上演を通して、韓国と日本の文化の交流に少しでも寄与できればと願っている。そして私の作品が祖国の演劇界に刺激を与えることができればと――。

『向日葵の柩』と『魚の祭』が祖国の地でどのように上演され、そしてどのように受け入れられ、批判されるのか、大きな不安と期待でいっぱいである。

レモンと檸檬《れもん》

マンションのベランダの植木鉢に四年ほど前から蟻《あり》の巣ができたらしく、初夏になると蟻が列をなして室内に入ってくるようになった。真夏には、朝起きると、うっかり片付け忘れた食器に、蟻が密集して蠢《うごめ》いている。私は蟻の一途《いちず》で単調な行動を一時間近く凝視することがある。ときには食べ残しのあんみつが入ったカップをベランダに置き、蟻が密集したところで蓋《ふた》を閉める。あっという間に蟻は蓋に攀《よ》じ登ってきて、懸命に円を描きながら脱出を試みる。数時間後にカップを覗《のぞ》き込むと、どういうわけだか蟻は蓋の縁《へり》に固まって死んでいる。そして一匹の蟻の生存を確認すると、私は満足してその蟻を逃がしてやる。一匹の蟻はよろよろとベランダのコンクリートの上を、もはやどこへ去《い》くでもなく動きまわる。

このことは、私にとって言葉である。

私は室内に蟻の群れが入ってこないような手立てを考えることはない。テーブルの上に食べ物を置かないように注意したり、アリコロリンのような駆虫を試みたりはしない。なぜなら、私が蟻を凝視すること、蟻との何らかの関係を築きあげることが、私にとっての言葉だからだ。私は蟻の殺戮《さつりく》者になったことで、密《ひそ》かな言葉の王国を創《つく》りあげることになる。

私はひとり言が好きな子どもだった。基地の近くの原っぱで、誰もいないのを確かめて、喋《しゃべ》りはじめる。喋りながら歩き、物語を捜す。そして土に半ば埋もれた植木鉢の欠片《かけら》を掌《てのひら》に乗せて、前の晩読んだ『千夜一夜物語』を思い出す。――漁師の網に壺《つぼ》がひっかかる。漁師は壺をあける。壺から妖霊《ようれい》が出てくる。ソロモンに背いた罰で、壺に閉じ込められ海に沈められた妖霊は漁師に語りはじめる。最初は「救い出してくれる者があれば、そいつを永久に金持ちにしてやろう」と思ったと。しかし百年経《た》っても誰も助けてくれない。そこで「救い出してくれる者があれば、そいつに大地の魔法を残らず明かしてやろう」と心の中で呟《つぶや》く。四百年経っても海の底に沈んだまま。「救い出してくれる者があれば、そいつに三つの願いをかなえてやろう」。そして九百年が過ぎたとき、妖霊は誓ったのだ。「救い出してくれる者があれば、そいつを殺してやろう」と――。

私にはその気持ちがよく理解できた。私は壺に閉じ込められ海に沈められているようなものだったからだ。小学校ではひどいイジメを受け、両親は何日も家に帰ってこなかった。弟がふたり、妹がひとりいたが、家の中はいつも殺伐としていた。両下の弟はある事故が原因で脳波が狂ってしまっていた。大人が誰もいない深夜、両目をかっと見ひらき、「ママ、ママ、ママ！」と叫び出す。飛び起きて、名前を呼びながら躰《からだ》を揺さぶるのだが、弟の目に私の姿は映らない。頭を掻《か》き毟《むし》りながら釣りあげられた魚のように暴れるのだからたまらない。医者は、そのまま正気に戻らなくなってしまうケースもあるのでひっぱたいても目醒《めざ》めさせてください、と母にいったそうなので、針で弟の腕をつついたり頭から水をかぶせたりした。それでも正気にかえらないときは救急車を呼んだ。

――救い出してくれる者があれば、そいつを殺してやろう。

しかし壺の蓋をあけてくれる漁師は現れず、私は海の底に沈んだままだった。

風が立ち、浪《なみ》が騒ぎ、
　無限の前に腕を振る。
その間《かん》、小さな紅《くれなゐ》の花が見えはするが、

それもやがては潰《つぶ》れてしまふ。……中原中也《ちゆうや》「盲目の秋」


「ここを過ぎて悲しみの市《まち》」

友はみな、僕からはなれ、かなしき眼もて僕を眺める。友よ、僕と語れ、僕を笑え。ああ、友はむなしく顔をそむける。友よ、僕に問え。僕はなんでも知らせよう。僕はこの手もて、園を水にしずめた。僕は悪魔の傲慢《ごうまん》さもて、われよみがえるとも園は死ね、と願ったのだ。もっと言おうか。ああ、けれども友は、ただかなしき眼もて僕を眺める。……太宰《だざい》治「道化の華」


私は埋まり込むように本の中の言葉を読んだ。救いを求めて、本の中の登場人物やその言葉を書いた作家たちに寄り添った。

演劇の現場で、「言葉は意味半分、音が半分」といったひとがいる。私は戯曲でデビューしたが、私の台本は文字、意味の脈絡の中にある。しかし私の台本が上演されるとなると、文字は肉体と化する。私の意味は肉体となる。この文字の肉体化に長い間慣れることができなかった。

私のト書、例えば『グリーンベンチ』、

泰子と陽子は両眼を月光に浸して、しっとりと沈むような安らかな微笑を浮かべている。

これを肉体化するのが極めて困難だということを知るのに何年もかかった。石原慎太郎氏が〈三島賞〉の選評で、こう書いている。「登場人物の内面についてのト書きが多く、（中略）舞台としての表現は極めて難しかろうが、むしろ小説にとってははるかに容易な説明であって、作者が最近積極的に小説を志しているというのも理解出来る」

私にとっての言語とはやはり文字である。〈檸檬〉という文字がある。むろんこの字は梶井《かじい》基次郎の小説のタイトルだが、私はこの檸檬という字に執着している。〈れもん〉〈レモン〉では、だめなのだ。

鱗《うろこ》　時雨《しぐれ》　蟋蟀《こおろぎ》　秋桜《コスモス》　視凝《みつ》める

私は文字が、意味すらも奪いとるのではないかと考えている。私が好んで着る洋服の色は〈ベージュ〉だが、文字としての〈ベージュ〉は好まない。そして〈ベージュ〉と書くか、〈べェジュ〉と書くかで悩んでいる。もし文字として〈ベージュ〉と書くなら、〈駱駝色《らくだいろ》〉と表記するだろう。しかし私は、自分の作中の人物に駱駝色を着せることはない。〈琥珀色《こはくいろ》〉〈萌葱色《もえぎいろ》〉〈緋色《ひいろ》〉などの色を選択するだろう。

これを単に文字が喚起するイメージ（イメェジ）の問題なのだとは思って欲しくない。私は言葉自体が霊をもっていると考えているのだ。

霊とは、宇宙である。

私の飼っている猫は慢性腎炎《じんえん》だと獣医に診断された。私は、猫が食欲を失《な》くし、痩《や》せ衰えてゆく様を思い浮かべた。そして猫を安楽死させるためにバスケットを抱えて保健所に向かう私の姿を——。そのとき、私の内部では言葉が蓼喰《たでく》う虫のように蠢き出す。蟻と同様に腎臓を患《わずら》った猫と私の関係を捜そうとしているからだ。そのことと、獣医から渡された錠剤を、朝夕嫌がる猫の口の中へ放り込むようになったこととは関係がない。それは日常的な言語の枠内にあることなので、関心をもてないのだ。

日常的な言語のみで生きているひとびとをうらやましく思うことがある。彼らは一様に健康そのものだ。しかしいったん彼らの言語に搦《から》め捕られると、私は一語たりとも言葉を発することができなくなる。ただ恐ろしく、消え入りそうになるばかりだ。そして小説を読むこと、ベランダの蟻の群れを飽かずに眺めること、猫の容体を冷ややかに窺《うかが》うこと、ワープロに向かい言葉が立ち現れるのを待つこと、などの世界に逃げ込む。いずれにしろ、私にとっての言葉は、書くことである。

もし私が書くこととしての言葉を喪《うしな》えば、私は何者でもなくなってしまうだろう。世界と向きあうことができなくなる。こういうと、全生命を言葉に賭《か》けているようで面映《おもはゆ》いが、そうではない。私は言葉によって辛うじて何者かであろうとしているにすぎない。

私は両目〇・〇二の極度の近視なのだが、眼鏡を使用しなければ世界はぼやけて見える。輪郭は二重にぼやけ、遠近もはっきりしない。つまり言葉は私にとって眼鏡のような働きをしていて、もし言葉を磨く（書く）ことなく、曇らせてしまえば、世界は一挙に曖昧模糊《あいまいもこ》として、私は生の実感を失ってしまうだろう。

言葉で世界に向きあっているといえば、ひとは笑うだろうか。あるいは、しごく当然なことだというだろうか。そのどちらでもない間で、私はひっそりと生息している。

自殺授業

河出書房の編集者のTさんから電話がかかってきて、数日後に新宿の喫茶店で会うことになった。喫茶店にはTさんとAさんのふたりが待っていた。私たちは、はじめましてと名刺を交換し、それぞれの飲み物を注文した。それから私は煙草《たばこ》に火をつけ、話を聞く態勢を整えた。

「あの、自殺の授業をやりませんか」

「え？」私は聞き返した。

Aさんはとても早口で、礫《つぶて》のように言葉をぴゅんぴゅん投げてよこすので、「そんなに早口で喋《しゃべ》ると疲れてしまうんじゃないですか」と私はもそもそ笑った。するとAさんも照れ臭そうに笑い、アイスコーヒーをストローで吸い上げた。

ふたりの話をまとめてみると、講師が高校に行き、出前授業をする〈放課後のレッスン〉という企画で、授業は〈同性愛〉〈自殺〉〈テロ〉〈ドラッグ〉など十時限あり、学校では教えないことを教え、高校生たちを挑発しようというのだ。

「変なことを考えますね」

「変ですか」

「でもうまくやれば面白くなりそうですね。私は〈自殺〉ですか」

「自殺といえば、柳さんをおいてほかにいないと思いまして」Tさんはひらひらといった。

「はあ……そうですかぁ」と私は少しまごつきながら答えた。

〈何々といえば、誰々をおいてほかにいない〉といういい方は、通常その誰々を褒《ほ》める場合に使うのだが、この場合ちっとも褒められたことにならないので、「はあ……そうですかぁ」などという間の抜けた答え方をしてしまった。自分の声の後味が咽喉《のど》や耳のあたりにぽわんと残っている気がして嫌なので、それを打ち消すために話の接《つ》ぎ穂《ほ》を探した。

「授業で自殺を教えるというのは、奇妙ですね。自殺をすすめて、『そんなにすすめるんだったら、自分が死ね』といわれたら何ていえばいいんでしょうかね。ダダーッと階段を駆け上がって屋上から飛び降りたら、おかしいでしょうね」

私の作品はすべて死をテーマにしている。それも主人公が自殺をするといったストーリーが多い。そのせいか、取材を受けると必ず「死をどう思いますか」という質問をされるし、注文されるエッセイの三本のうち一本は死をテーマにしたものなのだ。あまりにも繰り返し語ったため、最近それを音声にすると台詞《せりふ》をしゃべっているような感じがして、我ながらぎょっとし、耳を塞《ふさ》ぎたくなる。

結局、〈自殺〉の授業は引き受けることになった。〈自殺〉の授業が終わったら、しばらく死について語るのはやめようと思う……）

私は小学校のころから死のことばかり考えていた。死を絶望的なものとして捉えていたのではなく、前に向かって一歩踏み出すことだと思っていた。

今日ほとんどのひとは病院で死ぬ。昔のひとはどこで倒れても家に担《かつ》ぎ込まれ、畳の上、布団《ふとん》の上、家族の腕の中で息絶えたが、現代の瀕死《ひんし》のひとは救急車で病院に運び去られる。病院は死を管理し、ひとびとはそこから目を逸《そ》らして——生きている。

私は病院では死なないと思う。

二十歳のとき、自分に死刑判決を下し、十年後に死化粧をしてからピストル自殺をしたフランスのシュールレアリスト——ジャック・リゴーではないが、私は十四歳のとき、自分の人生に自殺をプログラムした。そしていまも時計の針のように自殺のまわりをチクチクまわっている。最適なときと場所——それを考えると、セックスをして好きな男の沈んだ呻《うめ》き声を聞いたときのように震え――その見えない漣《さざなみ》のような震えが全身に漲《みなぎ》っていくのを感じる。

ジャック・リゴーの自殺を知ったブルトンは「人生のもっとも美しい贈り物は、好きなときに、そこから抜け出させてくれる自由だ」と語ったそうだ。

自分らしい死に場所――いつか、私は死に向かってうねうねと歩き出すと思う。それはきっと雨が降った翌日のよく晴れている日だと思う。はじめて長靴を履いたときのように、水溜《みずた》まりに蟠《わだかま》っている歪《ゆが》んだ自分の姿をばしゃばしゃ跳ね飛ばして――私は歩く。もしかしたら十四のときと同じ海に行くかもしれない。あのときは真冬の真夜中の海岸だったけれど、今度は断崖《だんがい》の上に行こうか？　自分の希《ねが》いと祈りを目の前のきらきら光る春の海の中へ柔らかく無意味に溶かし、一歩足を前に踏み出して、頭を貝殻のように割ろう。誰もいない場所。誰からも見られていない場所。願わくば、私の命の瀬戸際《せとぎわ》を、一匹の蝶《ちょう》、一輪の花に見届けていて欲しい。

窓の向こうの陽光

「この〈放課後のレッスン〉は、先生が教えてくれないこと、〈同性愛〉〈ドラッグ〉〈自殺〉〈テロ〉などを、みなさんに教えようという企画です。今日の授業は〈自殺〉で、講師は劇作家の柳美里さんです。柳さんは十代のころに自殺未遂を繰り返し……」

まず河出書房のTさんの説明があった。

教壇に立つ。足が震える。

大きな声を出さなければならない。

「はじめまして、柳美里です」

私の声はうわずり、唇は病気の子どものように青褪《あおざ》めていた。

「私がはじめて自殺を考えたのは十二歳のときでした」

最初、彼らは好奇心に満ちた、冷やかすような眼差《まなざ》しで私の顔を見ていたが、ものの十分も経《た》たないうちに、隣の席に座っている友だちに、「まっすぐ帰ればよかった。失敗したな」と目配せをしはじめた。

七月十九日。終業式の日。明日から夏休み。高三の彼らは塾や何かで忙しい。自由参加で五十人も集まったのは奇跡だ。私だったらまっすぐ帰るだろう。

「ひとが自殺する理由は、ひとが生きる理由ほどあるのです。しかし、死を選ぶひとは、自己の尊厳を守るという強い動機に支えられています。自殺はいわば尊厳死であるといってもいいと思います」

言葉が唇の上をすべって、消えてゆく。暑い。市立高校なので冷房がないのだ。ジャージ姿の男子生徒の体から、汗の匂《にお》いがする。

「暑い。ごめんなさい、窓あけてください」

焦《こ》げた葉の匂いがする夏の風が、カーテンを揺らした。プールの匂い。窓の下にプールがあるのだ。水泳部の部員が水しぶきをあげている。虚《うつ》ろな窓が、大きく開いた目のように、瞬《まばた》きもしないで過ぎてゆく時間を見つめている。

私は黒板に、白墨で自殺者の名前を書いていった。円谷幸吉《つぶらやこうきち》の名前を書き、あまりに有名な彼の遺書を読みはじめた。

「『父上様、母上様、三日とろろ美味《おい》しうございました。干し柿《がき》、もちも美味しうごそのとき、背中を押す強い力を感じた。私は教壇から降り、机の間を歩きながら遺書を読んでいた。

「『父上様、母上様、幸吉はもうすっかり疲れ切ってしまって走れません。何卒《なにとぞ》お許し下さい。』」

遺書を読み終わったとき、私は、二日前に自殺をしようとしたことを告白したい衝動にかられた。

マンションの階段をのぼった。それまで生きてきた中で、いちばんどきどきした。血が血管の中でくすくす笑っている、そんな感じだった。十三階。屋上の扉はなかなかあかなかった。残っているすべての力をふりしぼって、両手で鉄の扉を押すと、ギギッと嫌な金属音をたてて、扉があいた。いい天気だったが、風は強かった。髪が顔や首に巻きついた。靴を脱いでフェンスを乗り越えた。わずか十五センチの場所に足を置いているので、風でばたばたまくれるスカートを押さえることができなかった。私は深呼吸して通りを見下ろした。自転車が通り過ぎた。ジョギングをしているひと。誰も私に気づかない。すぐ下の階のベランダで洗濯物を干している主婦さえも。洗濯物は陸に打ち上げられた魚のようだった。

私はフェンスから片手を離し、真下を見た。

女の子が縄跳びをしている。私が落ちるであろうその場所で。ちょっとずれてくればなぁ、と思いながら縄跳びを見ていた。不思議なのだが、両目〇・〇二の私に縄の動きがはっきり見えた。バッテン跳び、二重跳び、一、二、三、女の子は縄跳びをつづける。そしてその跳躍はおそらく永遠に続くのだろう。風に煽《あお》られて私の体はぐらぐらした。私はフェンスにしがみついた。

階段を降りて、その場所に行ってみると、女の子はいなくなっていた。

高校生たちを前にして、私の唇は、口に出せない言葉のために歪《ゆが》んだ。

「アメリカの発明王――エジソンの最後の言葉は『向こうはとても美しい』でした。彼の言葉を信じるわけではないのですが、私はなるべく急いで自殺しようと思っています。できれば二十代のうちに……」

授業が終わり、教室の窓から校庭を見ると、夥《おびただ》しい数の死者たちが、夏の陽光の中で、皮肉な笑いを浮かべて私を見つめていた。

私は〈自殺〉の授業を引き受けたことを後悔した。死者たちとの戯《たわむ》れは劇場の中でしかするべきではなかったのだ。校庭の死者たちは私の心を見透かしたように頷《うなず》いて、消えた。

しんと静まり返った校庭。
この夏、まだ蟬《せみ》の声を聞いていない。

処女創作集のふるえ

私の初の小説集『フルハウス』が出版される。私は今まで戯曲集を四冊、エッセイ集を三冊出版しているが、これほど書店に並び読者が手にとるのを待ち焦《こ》がれたことはない。最近の私は街に出れば、夢遊病者のように書店に吸い込まれ、用事も忘れて一時間以上本の中を徘徊《はいかい》している。本文も装丁もすべて校了し出版されることが百パーセント確実になった一週間前からこの状態はひどくなっている。

私が敬愛する太宰《だざい》治は処女創作集『晩年』について、「私はこの短篇集の一冊のために、十箇年を棒に振った。まる十箇年、市民と同じさわやかな朝めしを食わなかった。私は、この本一冊のために、身の置きどころを見失い、たえず自尊心を傷つけられて世のなかの寒風に吹きまくられ、そうして、うろうろ歩きまわっていた」と書いている。ここまでいい切ることはできないが、『フルハウス』が出版されることで、報われた、という思いは強い。

私が文章を書きはじめたのは小学校一年のころだ。今でいうイジメに遭《あ》っていて、同級生や担任への恨みをノートに綴《つづ》ったのが最初だった。学校でのイジメに加えて、父の競馬狂い、母のキャバレー勤め、小学五年で母が私と下の弟を連れて家を出ることになるのだが、私は自分を取り囲む現実が苛酷《かこく》になればなるほど虚構の世界、書物の中に没頭していった。小泉八雲、エドガー・アラン・ポー、シェイクスピア、太宰治——、そしていつしか彼らのような作品を書いてみたいと願望するようになり、小学校の卒業文集で〈将来の夢〉として〈私は小説家になる〉と宣言した。

しかし高校を放校処分になった私は、役者を目指して劇団に入る。役者の道を断念して最初の作品を発表したのは十九歳のときだった。『水の中の友へ』という戯曲で、〈私〉のこと、〈私の家族〉のことを書いた。

そして私は、客席で役者たちが演じる〈私〉と〈私の家族〉を観《み》ながらあることに気づいたのだ。

私の父や母が過去にとった行動は、そのときの私に苦痛をもたらし、〝恨《ハン》〟となって私の中に存在しつづけた。だが年月を経ると、それはある種の感動を生み出す。なぜなら書くことによって〝恨〟を超えることができるからだ。

それから私は〈家族〉と〈私〉を題材にして、十本の戯曲を発表していったのだが、戯曲は演劇の現場の中で成立するものであり、私が書いた〈言葉〉は演出家の解釈と俳優の肉体を通して変容し、上演される作品はまったく異なった次元のものになってしまう。そこが戯曲の魅力ではあるのだが、〈言葉〉を私の言葉そのものとして自立させたい、それには小説を書くしかないという思いが私の中で抑え難くなっていった。

処女小説『石に泳ぐ魚』を発表したのは一九九四年、二十六歳のときだ。雑誌掲載直後に登場人物のモデルから、プライバシー権及び名誉権侵害を理由として損害賠償、出版差し止めを求める訴えを起こされ、出版社の判断により出版は延期、いまだに出版の動きはない（二〇〇二年十月、「改訂版」が刊行）。

この事件が起こってからというもの、ことあるごとに「この登場人物にモデルはいるのか」と訊《き》かれる。

私は印象に強く残ったひとを書きたいと思っている。通りすがりのひとでもその表情やしぐさや言葉が印象に残れば、無意識のうちに私の中にしまわれ、それがいつしか発酵して、はっきりした人物像になれば、小説に書く。

「モデルにするひとに共通性はあるのか」というのもよく質問される。

共通性などは考えたこともない。ただ私の心にひっかかってそこに留まるひと、というのが正直なところだ。敢《あ》えていうならば、私のある部分だと。もっといえば〈私だ〉と思ったひとを書いているともいえる。もしかしたら私は多重人格的に自分を無数にしようとしているのかもしれない。〈もうひとりの私〉に出逢《であ》ったときに、強く印象に残り、小説の中の人間として書きたいという欲求が起こるのだと思う。

そしてこの二年間、私は「小説とは何か」「私はなぜ小説を書くのか」ということを悩み、迷い、考えつづけた。

小説とは、三島由紀夫がいうように「小説について考えつづける人間が、小説とは何かを模索する作業」であって、私ははっきりと「小説とはこのようなものだ」と定義はしていないし、また定義できるものではないと思っている。ただ小説からすべてのものを剝《は》ぎ取ると、〈言葉〉が残る。言葉が創出する小宇宙だとしか、私にはいえない。

小説とは、今現にある世界の全体像に、作者と読者が創《つく》り出す小宇宙を対峙《たいじ》させるもの、今目に見えないものを現出させ、今虐《しいた》げられている人間に癒《いや》しを与え、ときには今勝ち誇っているものをなし崩しにするもの。政治的、社会的言語に対して、徹底的に人間にこだわることによって、人間としての言葉を守ること、それが小説ではないか。

小説とは、政治や社会、あるいは文明が覆《おお》い隠して見えなくしている細部を言葉で掬《すく》い取るものだといえるかもしれない。細部とは、人間の〈生〉そのものではないだろうか。

これが書店の中をさまよいながら、私が考えていることである。

――『フルハウス』は出版される。

今私は、私に〝苦痛〟をもたらすことによって〝感動〟を与えてくれたすべてのひとびとに感謝を述べたい気分だ。

そしてひとりでも多くの読者が手にとり、開いて、読んでくれることを祈っている。

家族というフィクションの悲喜劇

この間離婚で大きな話題を提供した女性歌手と俳優は、これまで〈仮面夫婦〉だと取り沙汰《ざた》されていたそうだ。しかし彼らだけではなく、たいていの夫婦は仮面を被《かぶ》って暮らしていると思う。結婚して何年か経《た》ち、あることが起こって夫あるいは妻が、「あのひとのことは何ひとつ知らなかった」と述懐したとしても、私はまったく驚かない。

私は、家族はすべて〈仮面家族〉だと考えている。援助交際をしている女子中・高校生は少なくないといわれているが、親たちは自分の娘が援助交際をしているといわれても信じないだろう。中には小遣いでは到底買えないブランド品を持っている娘に気づいてはいても素知らぬふりをしている母親もいるかもしれない。そして女子中・高校生に金を渡している父親は、援助交際の数ほどいるわけだ。

そこまで極端ではなくても、中学生になると親とほとんど口をきかない娘（息子）

は多く、家族といってもお互い何を考えているのかだけではなく、家の中で何をしているのかすらわからない。皆家族というフィクションを演じているのだ。

離婚した歌手はママドルと呼ばれ、その生き方が女性の支持を集めていたそうだが、彼女は突出してはいても典型的な若い人妻であったと思う。彼女は結婚によって自己を犠牲にしないという確固たる意志を貫いたのである。結婚は男女双方に犠牲を強いる制度だった。一夫一婦という性的制約、夫が労働して妻が育児を担当する、といったことから生まれる不自由さを引き受けなければならなかったのだが、この制度を保証する社会の規範、圧力が弱まるにつれて、ひとは自我を剝《む》き出しにしはじめた。家族はエゴイズムを隠すために仮面を被る必要があったのだ。

芥川《あくたがわ》賞を受賞した『家族シネマ』は私の家族をモデルにした小説である。両親は、私が生まれて五、六年は何とか父親と母親の役を演じていた。だが綻《ほころ》びは徐々に亀裂《きれつ》となり、ついに破綻した。ギャンブルと暴力の父、生活費を稼ぐためにキャバレーのホステスになり私たちきょうだいを連れて愛人のもとに走った母——、父の仮面の下にあったのは競馬狂いという顔であり、母の仮面の下には女がいた。そして私も、高校一年で放校処分になるという非行少女の素顔を曝《さら》したのである。しかし必ずしもそれが父と母と私の実像ではない。ひとは誰でも何枚もの仮面をつけているのだ。

演技とは、虚構の人物、つまり他者に成り切ることだが、ひとが役を演じれば、他者こそが自分だとわかるという説がある。たとえば殺人者を演じてみて、その役がまさに自分だと思うことができれば、そのひとは深層で殺人の衝動を抑圧していたのだ。

私の父は、父親を演じて似合わないと感じたのだろうか？　崩壊した家族の再生を願う父は、もう一度父親の役を演じたがっているのだろうか――、こんなことを考えて『家族シネマ』を書いた。

『家族シネマ』はばらばらになった家族が売れない女優である次女の頼みで、映画に出演することによって引き起こされる悲喜劇を描いた小説である。小説の中の家族たちは他者ではなく自分自身を演じるのだ。

被るべき仮面があれば幸福だといわなければならないのかもしれない。仮面の下にはのっぺらぼうの顔なき顔しかなかった――、というのが現代のホラーである。

書くことは恐ろしい日常

芥川《あくたがわ》賞の受賞が決まった翌日の深夜、乗車したタクシーの運転手に、「受賞おめでとうございます。お疲れでしょうから眠ってください。お宅に近づいたら起こしますから」といわれて耳を疑った。そのとき私はこの賞は単なる文学賞ではなく〈事件〉なのだと思い知らされたのである。

いまだに事件の渦中《かちゅう》にいるのだが、落ち着いて考えると、作家にとって賞は単なる褒美ではないことがわかる。ある意味で一作家の未来を約束してくれるのかもしれないが、結果的に賞がその作家にとって唯一《ゆいいつ》の記念碑になってしまうことだってあり得る。もし文学の墓地があれば、受賞作を超えられなかった作家の墓標の列が延々とつづく光景が見られるだろう。そう考えると、文学賞はこれから書く小説の物差しでしかない。文学という山脈を登ろうと志す人間にとって身にこたえる重荷である。

つくづく思うのは、受賞は時の運だということだ。『家族シネマ』の前に二度芥川賞にノミネートされたが、最初候補になった『フルハウス』は、安岡章太郎氏がある雑誌のインタヴューで「どうして芥川賞にならなかったのだろうな」とまでいってくださった。しかし今回の受賞作について「あれが受賞とは納得できない」とおっしゃらないとは限らない。小説の評価が定まるまでどのくらいの時が必要なのかわからないが、とにかく流動的なものだという認識を忘れてはならない。何年かあとに読みなおして大幅に手を入れるかもしれないし、いつか自選の作品集を編むときにはずす可能性だってあるだろう。

受賞の夜、選考委員の方々にご挨拶《あいさつ》するため銀座の酒場に行かなければならなかった。その席である高名な作家の方に「もういいかげん家族の小説はやめないか、うんざりだ」といわれてしまった。その方が私の受賞に反対だったかどうかは別にして辛辣《しんらつ》な批判であった。『家族シネマ』は『フルハウス』の姉妹編であるが、実は四、五年に一作ずつ同じ登場人物で連作していこうと考えているので、苦笑して誤魔化《ごまか》すしかなかった。もちろん家族を突き抜けて別の大きな物語になってもそれはそれでかまわないのだが。

受賞して考えたのはふたつのことだった。

文芸誌の編集長の経歴を持つ作家の辻章《あきら》氏とお逢《あ》いした折、どういう経緯だったかは思い出せないが、原稿料の話になった。

「編集長時代に稿料の値上げをしてくれという作家はいましたか？」と訊《き》くと、

「いましたよ。ぼくはその作家に、あなたは稿料がなければ書かないんですか、と訊き返しました。今逆にいわれちゃうと困るけどね」と辻さんは笑った。

この理屈はプロの作家を自認するものにとって素朴ゆえに胸を衝《つ》くものがある。私が戯曲でギャランティをもらったのは、処女作を上演して五年経《た》ってからであった。

もうひとつは福田和也氏が「新潮」（一九九七年一月号）に書いた「大江健三郎氏と魂の問題、あるいは如何《いか》にして二十一世紀に小説を読みうるのか」という評論についてである。福田氏は、「小説もほとんど滅びる可能性がある。そうしたときに、これから小説を書いていく若い作家諸君が文学をどのように支えていくか」という大江氏の対談での発言を受けて、この言葉が「悲痛である」といい、「小説家が真剣に小説を書くということが、そのまま小説を滅ぼすことになるような場所で、大江氏は小説を書いている。そして最早《もはや》誰も、自らを滅ぼすために小説を書く者になろうとはしないからである」と断じている。福田氏は、小説家は滅びへと向かい、敢《あ》えて読まれない小説を書かなければならないと誘惑しているように思える。

読まれながら、なお小説を滅ぼす力に対抗できる方法論はないのだろうか？

文学賞は事件であったとしても、小説を書くという行為は、まさに書くことでしかなく、恐ろしい日常でしかない。

二分の一の受賞

芥川《あくたがわ》賞が菊池寛《ひろし》によって創設されたのは昭和十年——、副賞の賞金は五百円で、当時の中堅サラリーマンの半年分の給料だったそうだ。第一回から賞牌《しょうはい》として時計が贈られ、当時は時計が貴重品だったからだと思うが、伝統として今もつづいている。考えてみると時計より相応《ふさわ》しい品はないのかもしれない。テレビを正賞というのも変だし、パソコン、ワープロも何だか商店街のくじびきの一等賞みたいでおかしい。賞金は、当分の間生活を気にしないで執筆活動に打ち込めるようにという意味合いだったようだ。賞金は銀行振込で、時計は授賞式の日にいただくことになるが、実は私は父からも賞金をもらうのである。現在失業中であるにもかかわらず、父は私が文学賞を受けるたびに十万円贈ると決めているのだ。失業手当の中から受け取るわけにはいかないと固辞したのだが、決して譲ろうとはしない。今回も授賞式に現れ、強引に手渡すに違いない。

第一回に太宰治《だざい》が候補になり、選に漏れた。太宰が川端康成《やすなり》の「作者目下の生活に厭《いや》な雲ありて、才能の素直に発せざる憾《うら》みあった」という選評に激高し、川端を痛罵《つうば》する一文を発表したという話はあまりに有名である。私は中学生のときに太宰の悲憤を知って川端の小説を読む気がしなくなった。その後誰かが書いた評伝を読んで、太宰の逆恨みに近いものだったということを知ったが、今でも太宰の無念さをありありと実感できる。

六十年以上を経て、あの太宰治を逆上させた芥川賞を受賞し、深い感慨を抱かざるを得ない。

私は今回の受賞に至るまでに二度芥川賞の候補になっている。落選の知らせを受けたときは、残念な気持ちになったことにはなったが、中学入試の合格発表を見に行って名前がなかったときほどのショックは受けず、「やっぱりダメだったか」と案外あっさりとあきらめがついた。

しかし候補になったことを知らされてから選考会の日までの約一ヵ月は苦しかった。品評会の棚に晒《さら》されあれこれ品定めされているような苦痛である。特に担当編集者は会うたびに「今度はいけると思いますよ」と励ますのだから、受賞できなかった場合の彼らの表情を想像して憂鬱《ゆううつ》になった。

今回、ある消息筋による私の受賞の確率は三十パーセントであった。私だけではなく候補者の耳には断片的にさまざまな情報が入ってくる。私はこれまでの経験から文学賞の下馬評ほど当てにならないものはないし、また当てにするのは滑稽《こっけい》だと考えていた。

ひとつだけ確信めいたものがあったのは、もし万が一受賞するとしたらダブル受賞だろうということであった。

なにしろ私はこれまで「岸田國士《くにお》戯曲賞」「泉鏡花文学賞」「野間文芸新人賞」をいただいたが、三回ともダブル受賞だったのである。ちなみに「岸田國士戯曲賞」は宮沢章夫《あきお》氏、「泉鏡花文学賞」は山田詠美《えいみ》氏、「野間文芸新人賞」は角田《かくた》光代氏であった。

そして私の勘の通り、今回の「芥川賞」は辻仁成《つじひとなり》氏とともに受賞した。ギネスブックに申請するつもりはないが、おそらく四つの文学賞のすべてがダブル受賞という記録は、今後絶対に破られることはないだろう。前代未聞《ぜんだいみもん》、空前絶後の快挙、というのは冗談だが、いずれにしろ私はほかの候補者の作品を引き離してという評価は得られなかったわけだ。同時受賞の方には申し訳ないが、私の意識では二分の一の受賞である。この事実は私の舞い上がりそうな気持ちを引き締める重石《おもし》の役割を果たしてくれている。

受賞の知らせは、前回は自分の部屋でひとりで待ったが、今回は断りきれず担当編集者たちと待つことになった。落選の場合は電話で「文學界のＭですが」と担当編集者から連絡があるが、受賞のときは「日本文学振興会ですが」と告げられる。だからブン、あるいはニホンだけで結果がわかってしまうのだ。

あとで聞いた話によると、「日本文学――」という声を聞いた私は、これまで一度もしたことがないガッツポーズをしたそうだ。その瞬間万歳三唱が起こり、ビールの栓が抜かれた。うれしかった。『家族シネマ』の版元である講談社の編集者たちが欣《きん》喜雀躍《きじゃくやく》する様を見ているうちに、これで責任を果たせたという喜びがこみあげてきた。

取材の多さには、躰《からだ》がもつだろうかと我が身を案じたほどである。二週間経《た》った今でも取材依頼は減るどころか増える一方で、ファックス用紙のロールは二日に一本のペースで確実に失《な》くなっている。韓国のジャーナリストたちからの強い要請で、文藝春秋の一室を借り記者会見をひらいたが、韓国では新聞の一面で扱われたそうで、日本以上に大きく報道されたようである。

おかしかったのは母からのファックスだ。横浜に本店があるふたつの銀行の頭取から祝電が届いたらしく、〈時間を見つけて礼状を出してくださいと宛先《あてさき》が書かれ、〈これは一生に一度のビッグチャンスです〉と異常な興奮が伝わる文面であった。私は母がその銀行に口座を持っているので、取引相手の慶事には自動的に祝電を送るシステムになっているのだろうと考えたが、小さな不動産屋を営む母にとって、頭取の肩書は衝撃だったのだろう。

ともあれ私はいまだに芥川賞の異常ともいうべき騒ぎの渦中《かちゅう》に身を置き、つい最近書店に並べられた受賞作『家族シネマ』の売行きに一喜一憂する版元の声が聞こえてきたりもする。

しかし平常に戻れば、ふたたび小説を書くという孤独な日々が待ち構えている。受賞によってようやく文学の森に分け入ることが許され、たとえ獣道に迷おうとも歩きつづけなければならない。気が遠くなるほど長い道程であり、しかも到達点はない。

愛人の子を身籠《みごも》ったように

戯曲は小説とは異なり、書き終えたからといって劇作家の役目が終わるわけではなく、むしろそこから仕事がスタートするといったほうがいいかもしれない。戯曲は上演されなければ何の価値もない。そのために私は「青春五月党」を結成せざるを得なかった。事務的な仕事や交渉事は大の苦手だというのに、スタッフ、キャストを集め、劇場を予約し、稽古場《けいこば》を押さえ、チラシを印刷し、チケットを売り、宣伝のためにマスコミを駆けずりまわる、といった気が遠くなる作業を幕が開くまでこなさなければならないのだ。とくに自分で演出していたときは、稽古は苦痛以外の何ものでもなく、何度も稽古場から逃げ出したほどだ。

その後、ほかの劇団に私の戯曲を上演してもらうようになった。演出家に戯曲を渡し、気が向いたときに稽古場に顔を出し、公演初日には劇場のいちばん後ろの椅子《いす》にゆったりと身を沈め、幕が開くのを待つ――、そうできたらどんなにいいだろうと思ったが、毎日稽古に立ち会わなければならないことに変わりはなかった。六、七作目から、演出家の力もあって、私の芝居は評価を得るようになり、私自身も戯曲の書き方というか、ドラマツルギーを摑《つか》めたような気がしていた。そして少しずつ小説を書いてみようという気持ちが芽生えていったのだ。愛人の子を身籠ったように、私は密《ひそ》かにその〈胎児〉を育てた。そのうち書くだろう、という漠然とした予感が、書かなければならない、という強迫観念のような切羽詰まった思いに変わるまで、たいした時間はかからなかった。予定日が過ぎた妊婦のように、私は小説を書きはじめる瞬間を待ち受けていた。奇妙なことに、私は自分が書き出すそのときを待ちつづけていたのだ。

そのときはきた――、何も考えず、読み返しもせず日記をつけるように毎日書いた。今ではとても考えられないが、ひと晩で二十枚も書き進み、ベッドに倒れ込むのはたいてい朝だった。岸田國士《くにお》戯曲賞の受賞の知らせが届いたころには百枚を超えていたと思う。

授賞式の会場で、顔見知りだった新潮社出版部の矢野優さんに逢《あ》った。

「柳さん、小説は書かないんですか」と声をかけられたのだ。

「もう書いてます」

矢野さんは目を丸くして、
「その小説、どこから依頼されたんですか？」
「依頼されたわけじゃなくて、自分で」
「じゃあ、是非、ぼくにください。新潮社から出しましょう」と矢野さんは咳《せ》き込むようにいった。

五百枚近い枚数を書いて読み返したとき、あまりにもひどいので全部棄《す》て、その夜、頭から書き直した。

処女小説『石に泳ぐ魚』が「新潮」の巻頭に掲載されたのは、授賞式から一年七ヵ月後の九四年八月だった。

私は出版社に原稿を持ち込んだり新人賞に応募した経験はないので、デビュー以前に段ボールいっぱい原稿を書き溜めたという作家の話を聞くと、申し訳ないような気持ちになる。私にとっての習作は、七歳のときから書きつづけていた日記であり、それは私が言葉で世界と格闘した記録なのだ。

いつだって、小説を書きはじめたころのことを思うと、切なくなる。

世界のひびわれと魂の空白を

芥川《あくたがわ》賞の授賞式の日、車の中でスピーチの内容を考え、素直な気持ちで、「受賞作『家族シネマ』をすこしでも超える作品を書きつづけていこうと考えています」という主旨のスピーチをしようと思い、会場に向かった。しかし会場に近づくにつれ緊張が増し、頭の中を挨拶《あいさつ》の言葉が駆けめぐった。受賞の言葉としては無難だが何の実感も真実味も伴わないのではないか――、会場に到着するころにはすっかり混乱し、何を話せばいいか決めかねたまま壇上に立ったのである。

「私は受賞作をすこしでも超える作品を書きたいと思っていましたが、いまは、失敗作こそを書かなければならないと考えています」

と思わず「失敗作」という言葉が口を衝《つ》いて出た。私に次いで挨拶に立った直木賞受賞者の坂東眞砂子《まさこ》さんがスピーチの冒頭で「私がいおうと思っていたことを先にいわれてしまって困っています」とおっしゃられたので驚いたが、そのときは失敗作を書くということが具体的にどういうことなのか、はっきりしていたわけではなかった。それから、あらゆる雑誌からインタヴューを受け、サイン会中止事件があり、『文學界』編集部からの度重なる催促に追い詰められながらも、受賞第一作の構想はまとまらずあっという間に二ヵ月が経《た》ってしまった。その間も私は、作家にとって失敗作を書くということが何を意味するのかを考えつづけないわけにはいかなかった。

戯曲を書きはじめたときも、小説を書きはじめたときも、私は「自分がいちばんよく知っている世界を書く」という素朴な方法を守ろうとしていたように思う。自分の体験を素材にしていかに虚構を組み立てるか。「フルハウス」「もやし」「家族シネマ」は中編としてそれなりの評価を得たと思っている。失敗作となる危険を覚悟して、今まで書いた小説の構造を壊すしかないという考えは浮かんだが、それだけで小説が書けるはずがない。

受賞第一作『タイル』はタイルをモチーフにしたことで内容が決定づけられたと思っている。タイルに関心を持ったのは、ふとしたきっかけからだ。ある日友人のマンションに遊びに行き、暑い日で汗ばんでいたのでシャワーを借りた。シャワーを浴びている最中に床と壁の一部がタイル張りになっていることに気づき、その瞬間からタイルの光沢と感触が頭にこびりついて離れなくなってしまったのである。これは奇妙な体験だった。興味の欠片《かけら》もなかったタイルに心を奪われ、部屋にひとりでいるとき、床、壁、天井さえもタイルで埋め尽くしたいと夢想するようになったのである。

私は現在ワンルームマンションに棲《す》んでいるのだが、部屋に一時間もいると落ち着かなくなり、どこかに行きたくなる。温泉旅館やホテルのほうが断然くつろげるのだ。それはおそらく私が生活というものをどこかで嫌悪《けんお》しているからだろう。旅館やホテルは一週間、長くても一ヵ月で立ち去る仮の宿にすぎない。ところが住居は賃貸であっても一、二年棲むと、クローゼットの中には洋服が吊《つ》り下がり、流しの上の棚には食器が並び、冷蔵庫にはウーロン茶やジュースなどのペットボトル、果物などが飲食されるのを待つ。これらのごく当たり前の、生活必需品が私を脅《おびや》かす。部屋に溜まる日常生活の澱《おり》のようなものが、私をいらだたせ落ち着かない気分にさせるのだ。

この感覚から、生活を拒絶して部屋に閉じこもりタイルで床を埋め尽くす主人公の男が立ち現れた。

『タイル』は離婚した中年の男がワンルームマンションに引っ越し、部屋の床にアレキサンドロス大王とダレイオス三世の「イッソスの戦い」のモザイクを貼《は》ることを思い立ち、破滅に向かって転げ落ちるというストーリーである。

タイルの資料を集め、マンションを線路脇《わき》に設定すると、赤いビキニの水着姿で主人公がモザイクをつくりはじめ、その様子を階上の部屋で盗聴する老人、生ゴミの分別に異常に干渉する管理人夫妻が小説の中で生き生きと動き出し、男がタイルを貼り終わるまで一気に書くことができた。ところが男はいったい何によって破滅を決定づけられるのか、床のモザイクが完成して主人公が目的を失ったように、一行も書き進められなくなり数日間を無為に過ごすしかなかった。私はこれまで何作かつづけて百二、三十枚の小説を書いたが、中断したのはちょうどその枚数だったので、二百枚の小説になる素材ではなかったかという思いが、私を一層みじめにした。だが締切りは目前に迫り、『文學界』の頁《ページ》が真っ白になる可能性もある。私は頭の中で白紙の頁と向き合った。エッセイは、締切りを過ぎないと書く気にならないという悪癖があるのだ。頭に白紙の頁が浮かべば、あっさりと観念して書きはじめる。

締切りをとうに過ぎた校了日間近、焦《あせ》りに焦った私は文藝春秋の近くのホテルに部屋をとり、数枚書いては渡すという綱渡りをするはめに陥った。午後十一時に渡すとつぎの約束は午前三時、そのつぎは六時、それから二時間眠って午後一時に——といった具合にである。私の担当のMさんは、担当作家三人が校了日ぎりぎりまで原稿を入れなかったため三日間ほとんど一睡もできないという状態だった。ひとけのない深夜のロビーで、憔悴《しょうすい》し切った編集者に予定より少ない枚数の原稿を渡す気分は最悪だった。

最後のシーンで行き詰まったのは、男が部屋に招き入れた女流作家を殺すかどうかで悩んだからである。小説の中の人間に殺人を行わせるのは至難のわざだ。結局殺人は断念せざるを得なかった。

『文學界』に掲載された『タイル』は案じた通り、後半の失速が批判された。

単行本出版のスケジュールは既に決まっていたので、すぐ後半部分の書き直しにかかった。主人公に殺人を犯させることができるのか、ひとはなぜひとを殺してはいけないのか――、私の考えでは世界が壊れるからである。正当防衛、死刑執行、戦争などでは他者を殺すことが許されているが、究極的には核の存在によって地球が滅ぶ可能性がある以上、殺人は禁忌にしなければならない。だからこそミステリーというジャンルは別にして、小説で説得力のあるリアルな殺人を表出するのは困難なのだ。今の私の力では避けるべきだったのだろうが、無謀にも二週間を費やして私は主人公に殺人を犯させた。小説の中で登場人物に恋愛をさせたり、セックスさせたりするのはある意味では簡単である。書き終えた今、殺人がこれほど難しいものだとは思わなかったというのが正直な気持ちである。

失敗作こそを書くべきだ、という強迫観念が働いたことを否定するわけにはいかない。よくよく考えてみれば、書きあげる過程で自作が失敗作であるかどうかなどわかるはずがない。私は単にこれまでのスタイルを壊したかったのだ。スタイルを破壊し、破壊によって生まれた小説の内部の真空を貫く何かの力で、『タイル』の主題である世界のひびわれと魂の空白を表出したいと願って、ただひたすら書いた。

タイルとは何か。今なお、私はモザイクを頭の中で貼りつづけているが、その絵柄はまだ姿を現していない。『タイル』を新たな小説世界に向かう過渡期としての作品と位置づける評があるが、モザイクの絵柄が完成するにはあと二、三作を要するのかもしれない。

異界からの使者

私は、日常的なひととのつながりの中では小説を書くことができない。随筆などは東京の自室で書けるのに、小説は非日常の世界にこもって、すべてを断ち切らなければ、冒頭の一行さえ浮かんでこない。小説は、気取っていえば流浪《るろう》、漂泊の中でしか書けないのだ。

『ゴールドラッシュ』は一九九八年一月頭から九月末まで、伊豆《いず》半島東岸の河津温泉と熱海《あたみ》沖に浮かぶ初島という小島で書いた。その間は、宿のひとともほとんど話さず、外を出歩くことも少なかった。一日平均睡眠三、四時間で、目を充血させワープロを睨《にら》みつけている私の姿を、もし誰かが見たら、逃げ出したくなるような光景だったろう。

幻覚、と思った。部屋の窓ガラスに、羽を広げると十センチほどの薄い青地に白鱗《はくりん》をつけた蛾《が》が止まっていた。目は体の割に大きく、ぎょろっとこちらを凝視している。

深夜の闇《やみ》を背景にしたその色とかたちは狂気の美を感じさせた。「オオミズアオ」思わずその蛾の名を口にした。

というのも、小学校時代友だちがいなかった私は昆虫採集に熱中していたからだった。樹陰に身をひそませ息を殺してアゲハチョウが現れるのを待ち、標本を拵《こしら》え、そして家の中でうっとりと眺めていた。誰ひとり人間を信じることができず、自分の殻に閉じこもっていた私にとって、蝶《ちょう》や蛾、昆虫たちが世界のすべてだったのだ。

家には、シェイクスピア全集、論語、マルクス全集——、日本語の読み書きができず、小学校にも行けなかった韓国人の父がコンプレックスと憧憬《しょうけい》から本棚にそろえた分厚い本の中に昆虫図鑑もあった。私は小学校から帰ると、何時間も頁《ページ》をめくって色とりどりの虫たちを眺めた。

オオミズアオ——、どうしても見たくて、夏のあいだ捜しつづけたけれど横浜の街では見つからなかった幻の蛾。

蛾は十日間、窓から去らなかった。『ゴールドラッシュ』は少年が父親を殺す場面に差しかかっていた。オオミズアオは私に小説を生むように促した異界からの使者だったのかもしれない。

安息の時間

ひとと交わらず、九ヵ月間も旅をつづけながら小説を書いていると、現実と虚構が混沌《こんとん》としてくる。そして、私は徐々にフィクションの世界の住人になっていく。『ゴールドラッシュ』の世界に入り込んで、もっとも精神的にしんどかったとき、私は熱海《あたみ》沖にある初島のホテルに滞在していた。

夕方、疲れ果て、坂道を十五分ほど下って港へ行く。港には、水揚げされた魚のおこぼれにあずかろうと野良《のら》猫が三十匹ほど暮らしている。私は島で唯一《ゆいいつ》の漁協経営の店に行き、袋に入ったかつおぶしを買って猫たちに与えた。しゃがみこんで、じっと食べる様子を見つめ話しかける、それが私の安息の時間だった。

ホテル三階の部屋のベランダからは、木立ち越しに相模湾《さがみわん》が望める。ふと、ベランダから庭に視線を下げると、芝生の上に白猫がいて、こちらを見あげている。干した小魚をベランダから投げたが、近寄って来ようとしない。白猫は毛が抜けてはげかけ、皮膚病のようだった。目やにがこびりついていて、小魚が見えないらしい。港では、いつも猫たちの輪の外側にいて、かつおぶしにありつけない仲間はずれの猫だった。

港から帰る私のあとをつけてきたのだろうか。それから、「シロ」と名づけたその猫と私とのつきあいがはじまった。「シロ」は毎日決まって夕方芝生にやってきて、ミャアとかすれたあわれっぽい声で鳴くので、私は面倒だったが、毎日のように港までかまぼこや小魚を買いに行った。

私は十七歳から二十五歳まで男の人と同棲《どうせい》していた時代に黒猫を飼っていたのだが、いまだに人との距離の取り方がわからず、対人関係が苦手な私にとって、猫にしか心を許せないことがよくあった。

そのせいだろうか、父親を殺してしまう『ゴールドラッシュ』の主人公の少年は、動物が登場する夢をよくみるし、この小説は、少年が心を許せるひとたちと動物園に行く場面で終わる。

小説の世界に深くもぐり込んでいたあのとき、命があって、ぬくもりがある「シロ」との交流だけが現実だった。

孤島に取り残されて

初島に渡る交通手段は、初島熱海《あたみ》間、初島伊東《いとう》間が一日十数便あるだけでほかにはない。

はじめて初島のホテルを予約して、熱海の船着き場に行ったときは、不運にも悪天候のため欠航だといわれた。たしかに雨は降り波は高かったのだが、嵐《あらし》というほどでもない。ホテルに電話すると、「まことに申しわけありません」と謝られるだけで、港の近くの旅館に宿泊するしかなかった。

『ゴールドラッシュ』執筆のためおよそ四ヵ月間初島にいたのだが、目を覚まして雨が降っていようものなら、今日こそ欠航だ、と台風の日に心を騒がせる子どものように期待で胸をふくらませてフロントに行った。

私の滞在中、欠航になったのはたった一回だけだった。

締切りまであと三週間と迫ったころ、どうしても一行も書き進めることができなくなり、この島にいるせいだ、とまるで閉所恐怖症にでもなってしまったかのようにパニックに陥り、身のまわりの荷物だけをまとめて港に向かった。

港には観光客目当ての小さな店が二十ほど軒を連ね、まだ最終便が残っているというのに店じまいの支度をしていた。不審に思って店の人に訊《き》くと、夏休みの時刻表は通常より一便多く、九月に入ったのでもう最終便は一時間前に行ってしまったという。

私は港のはずれまで歩き、海辺に腰をおろした。岩の上にカモメが点在している。一羽、二羽と数えはじめると、二十羽はいる。何の考えもなしに立ちあがり、漁協に入って食パンを買った。

食パンをちぎり、小さなボールに固めて、途方に暮れているようなカモメめがけて投げた。カモメたちは鳴き声をあげながら旋回し、パンの球をキャッチしたり、海面に落下したのをついばんだりした。

パンがなくなりもう一斤買おうと漁協に行くと、シャッターが降りていた。振り向くと、海は鉛色にうねっていて、私は孤島に取り残されたと感じた。

ホテルに戻り、その夜から小説のつづきを書きはじめた。

短い夏の逃避

真夏の深夜、十時間ぶっ通しで小説『ゴールドラッシュ』を書きつづけ、頭も腕も石膏《せっこう》で固められたように動かなくなり、私は裸足《はだし》でホテルのベランダに出た。生暖かい海風に吹かれていたら、何かが、私の耳をかすめて硝子《ガラス》にぶつかり、落ちた。カナブンか、と思ってしゃがんでみると、体長五、六センチもある雄のクワガタだった。

担当編集者には今でもないしょにしているが、その翌日から約二週間、私はクワガタの世界にはまってしまった。

朝食はバイキング形式なので、バナナとガムシロップのパックをナプキンにくるんで部屋に持ち帰り、灰皿の上でバナナを潰《つぶ》してガムシロップを混ぜ、ペースト状にしてベランダに置いた。

やってくるクワガタは九割が雌で、たまに雄が飛んでくると、たちまちハーレム状態になる。雄は欲張りとしかいいようがなく、交尾しながら、もうひとりの雌に脚を伸ばして、押さえ込む。一度、その最中に別の雄が出現し、ふたりの雌をかかえながら角と角を合わせるという悲惨な戦闘状態に突入した。

私はわりばしで参戦し、ひとりの雄にひとりの雌という具合に振り分けてやったのだが、新しい雄につかまって、ばたばたしている雌を不憫《ふびん》に思って、雄から引き剝《は》がしてベランダの隅に避難させたのだが、彼女はすごいスピードで彼に向かって突き進み、自ら彼の体の下に潜り込んだ。

「なんだ、嫌じゃなかったら、嫌がってるふりなんかしなきゃいいのに」私はクワガタたちの一員となって、彼ら、彼女らに話しかけていた。

その間撮った写真は五十枚以上――、今もときどき手にとってクワガタの交尾の様子を眺めている。

夏は短かった。海風が心地よいと感じたころからクワガタの数は減り、小説の世界に戻らなければならなくなった。あの時期、ワープロに向かって泡を吐くようにひとり言が止まらなくなっていた私は、クワガタの世界に逃避することによってかろうじて精神のバランスを保ったような気がする。

飛び込んできた「ポーポ」

ドスッと大きな音がして、何が起きたのかわからないまま、硝子《ガラス》が割れたと思い、おそるおそるベランダに近づくと——、鳩《はと》がいる。こんな夜中にどこから飛んで来たのだろう、音をたてないよう硝子戸を開けた。鳩は部屋に入ってきて、物おじせずに王子然と胸を張って歩きまわったあげく、私の足元に来て眠った。

徹夜して昼すぎに目を醒《さ》ますと、なんと鳩は私の上で眠っているではないか。いとおしさがこみあげ、「ポーポ！」と、とっさに思いついた名を呼ぶと、私の指先をついて返事をした。

ホテルの売店で買っておいた菓子類からひまわりの種を揚げたものを選び、灰皿に入れて差し出した。鳩は二、三回くちばしでつついただけで、私の顔を見上げて首をかしげた。揚げてあるからダメなのだと思い、爪《つめ》で衣を剝《む》いて掌《てのひら》に乗せると、ついばんで食べ、催促するように掌をつついたので、ひと袋全部剝いてやると、あっという間にたいらげ、途端に部屋のあちこちにフンをしてまわった。

脚にリングがあることに気づき、両手で抱いてあおむけにしてみると、リングには鳩舎《きゅうしゃ》の名と電話番号が記してあった。伝書鳩だ。飼い主に返すのは寂しい気がしないでもなかったが、リングの番号にかけてみた。電話に出た男が、埼玉の鳩舎なので遠くて取りに行くことはできない、新聞紙でくるんで宅配便で送ってくれというので、怒りをおぼえて電話を切った。

私はフェリーで熱海《あたみ》に渡った。熱海署に遺失物として届けて、警察から電話してもらえば、飼い主も取りに来ざるを得ないだろうと考えたのだが、生き物は受け取れないと困惑した署員が、近所に鳩舎があることを思い出し、私は鳩とともにパトカーに乗り込んだ。そして鳩舎のおじさんにレース鳩の配送をしている業者があることを教えてもらい、私の王子様「ポーポ」は無事飼い主のもとへ送り届けられたのだった。

『ゴールドラッシュ』は私の中では既に過去の作品だが、書いている最中に出会った小動物たちへの思いは今でも消えないでいる。

東由多加《ひがしゆたか》を悼《いた》む

いま、私は東由多加の遺影と遺骨を前にしている。

出逢《であ》ったのは十五年前、私が十六歳、東が三十九歳のときに役者と演出家としてつきあいはじめ、恋人、親友、師弟、夫婦、父娘、兄妹、同志——、あらゆる関係を斬《き》り結び、約十年間生活をともにして別れたものの、関係を断つことはできずに逢いつづけた。そして一九九九年六月にほぼ同時に発覚した、私の妊娠と東の癌《がん》をきっかけにして同居を再開したのである。

『東京キッドブラザース』は私が生まれた翌年、一九六九年に旗揚げされた。代表作のほとんどを観《み》ていないし、ほかの劇団の芝居を知らないので、現代演劇の中でのキッドの位置を論じることはできないが、東由多加の演出・作劇がほかに類を見ない方法であったということだけは確かだと思う。

研究生のアクティングでは、発声や肉体訓練は二の次で、ひたすら〈泣き〉〈笑い〉

〈怒り〉の稽古《けいこ》がつづいた。いままで生きてていちばん悲しかったこと、楽しかったこと、怒ったことを皆の前で語らせ、感情を引き出して共鳴させるというやりかただった。東はありがちな身の上話を許さず、嘘《うそ》だと疑えば、その場で親きょうだいや友人たちに電話させて真偽を確かめ、皆の前で「あなたは嘘つきですね」といい放った。しかしあるがままの〈現実〉を語ることを求めていたわけではない。むしろ、〈現実〉を忌避していたといってもいい。その場に居合わせたひとたちを、自分自身を感動させることができるのなら、創作でも一向に構わなかったはずである。

研究生になると、日記を提出させられた。夏休みには「夏を創《つく》る」という宿題を与えられた。毎年ではないが、男女ともに上半身はだかになるという稽古もあった。東は〈現実〉〈日常〉からのジャンプを役者たちに課したが、それは〈日常〉生活で被《かぶ》っている仮面を引き剝《は》がし、素面《すめん》を露出させることでもあった。

「ぼくは、自分のミュージカルの中で、芝居をしてもらいたくない。ぼくは劇場でこそ、〈人間〉を観たい」

〈人間〉の素面を露出させるために、東は日記を書かせ、皆の前で語らせ、書いた〈語った〉過去を問いつめ、そのときの痛みをよみがえらせた。

たとえば、私はある夜、東由多加と別れることを決意し、妹に手伝ってもらって荷物をまとめ、テーブルの上に一枚の書き置きを残して、夜逃げのようなかたちで実家に帰った。数日後、稽古場で東から台詞《せりふ》を手渡された。書き置きがそのまま引用されていた。観客の前で私信を声にしなければならないはめに陥った私は、東の神経を疑い、恨みさえした。

二〇〇〇年四月二十日午後十時五十一分、昭和大学附属豊洲《とよす》病院で東由多加は息を引き取った。

通夜《つや》の日、キッドの制作兼女優の北村易子さんに訊《たず》ねた。

「追悼公演、やらないんですか？」

「誰がやるの？」と北村さんはいい、私は言葉に詰まった。

同時代に活躍した寺山修司や唐十郎の戯曲ならば、ほかの演出家が再演することはできるだろう。けれど、東由多加が作・演出したミュージカルを再演することは不可能なのだ。東のように役者を深く傷つけ、激しく愛し、ひとりひとりの人生を戯曲に書き込んだ劇作家、演出家はいないと思う。その結果、何人かの役者が発狂し、アル中になり、自殺した。

私は――、遺影と遺骨を前にして、生きること自体を迷っている。

『魚が見た夢』初出一覧

I

魚が見た夢　第六回青山演劇フェスティバル・パンフレット　一九九二年十月
言葉の中の下着　「レ・スペック」一九九二年八月号
死とＳＥＸ　「アサヒグラフ」一九九二年十一月二十七日号
植物のつよさ　「草月」一九九三年六月十日号
夕暮れ時　「ミス家庭画報」一九九三年七月号
閉ざされた遊び場　「悲劇喜劇」一九九三年八月号
奪われた犬　「新潮」一九九三年十二月号
食べることが物語だった、あのころ　『東京グルメキング』一九九六年十二月刊
コンパニオン　「悲劇喜劇」一九九五年五月号
家族は静かに崩壊してゆく　「読売新聞」一九九五年九月十九日夕刊
父からの送金　「朝日新聞」一九九五年十二月二十五日夕刊
父の万年筆　「週刊文春」一九九五年十二月二十八日号
夏の海　「週刊現代」一九九六年七月六日号

クビ「文藝」一九九六年夏季号
血とコトバ「海燕」一九九六年九月号
産まない選択が母への復讐「婦人公論」一九九六年九月号
『家族シネマ』の原型「本」一九九七年三月号
主人のいない庭「室内」一九九七年二月号
柳美里をよろしくお願いします「小説トリッパー」一九九七年夏季号
母の不動産屋「HIROBA」一九九七年九月号

Ⅱ

桜桃忌「文藝」一九九二年秋季号
夜の中の夜「テアトロ」一九九三年二月号
婚前旅行「文學界」一九九三年十一月号
石は突然落ちてくる「小説新潮」一九九三年十二月号
世の中でいちばん偉そう……『'97日本のハイヤー・タクシー』一九九七年一月刊
あなたのメッセージを「ドンキー・パーティー」一九九三年十二月号
恐怖の〈るすでん〉「中央公論」一九九四年三月号
マンゴーをもらった話「新刊ニュース」一九九四年四月号
煙の居場所「週刊文春」一九九四年九月八日号～十月六日号

人生シネマの小道具　「文藝春秋」一九九八年三月特別号
ふたり暮らし　「宝石」一九九四年八月号
クロ逝く　「室内」一九九五年四月号
ある生活の記憶　「ゾラ」一九九七年二月号
迷える羊への祝福　「日本経済新聞」一九九五年十月十四日
哀悼と祝福　「銀座百点」一九九六年九月号
夢　「朝日新聞」一九九五年十二月二十八日夕刊
ウエディングドレス　初出未詳　一九九五年六月
結婚適齢期　「月刊社会民主」一九九六年六月号
恋愛は「死に至る病」ではないのか　「ピンク」一九九六年八月号
愛について　「読売新聞」一九九七年一月二十日夕刊
新宿二丁目の老教授　「別冊文藝春秋」一九九七年春号
MERRY'S HOTEL STORY　「ホテレス」一九九六年十〜十一月号
温泉宿と沖縄の基地　「季刊アステイオン」一九九六年冬号
ストーカーと温泉　「東京新聞」一九九七年十一月一日夕刊
川の温泉　「東京新聞」一九九七年十一月八日夕刊
究極の温泉ガイドブック　「東京新聞」一九九七年十一月十五日夕刊
ああ、故郷　「ベスト・パートナー」一九九七年十二月号

掌と手　「銀花」一九九七年夏号
ストロベリー色の血　未発表　一九九九年七月執筆
自分の死亡記事　『自分の死亡記事を書く』一九九六年七月刊

Ⅲ

東京都港区海岸三丁目七番十九号　「花椿」一九九五年八月号
七つのころに書いた日記　「悲劇喜劇」一九九二年四月号
花と卒業式の春に　「朝日新聞」一九九三年三月三十日夕刊
これからはまじめにやります　「毎日グラフ」一九九三年十二月二十六日号
私は小説を書く　「波」一九九四年一月号
ひとつの伝統始めたい　「東京新聞」一九九五年六月十六日夕刊
〃無頼派〃演劇術　「公明新聞」一九九四年四月七日
未完のドラマ　「東京新聞」一九九四年五月十三日夕刊
〈憎悪〉を超えた言葉　「魚の祭」韓国公演パンフレット原稿　一九九四年七月
レモンと檸檬　「文」一九九五年春号
自殺授業　「ヴォイス」一九九二年八月号
窓の向こうの陽光　「夜想」一九九三年第三十二号
処女創作集のふるえ　「本の話」一九九六年七月号

家族というフィクションの悲喜劇　「東京新聞」一九九七年一月二十九日夕刊
書くことは恐ろしい日常　「朝日新聞」一九九七年二月四日夕刊
二分の一の受賞「日本経済新聞」一九九七年二月九日
愛人の子を身籠ったように　「小説トリッパー」一九九七年夏季号
世界のひびわれと魂の空白を　「本の話」一九九七年十一月号
異界からの使者　共同通信　一九九九年三月十日配信
安息の時間　共同通信　一九九九年三月十六日配信
孤島に取り残されて　共同通信　一九九九年三月二十三日配信
短い夏の逃避　共同通信　一九九九年三月三十日配信
飛び込んできた「ポーポ」　共同通信　一九九九年四月六日配信
東由多加を悼む　共同通信　二〇〇〇年五月二日配信

痛いということ、憎いということ

後藤繁雄

「私は他者から見れば不幸な家族の中で育ったことになるのだろう。……だからといって自分の家族を恥じる気も、哀《かな》しく思うこともない」(「家族は静かに崩壊してゆく」)

「不幸な家族」というのは何なのだろう、「不幸」というのは何なのだろう? 柳さんのエッセイ集『家族の標本』は、さまざまな人たちの、不幸な家族史が聞き書きされ、コレクションされた本だった。この本を読んだ時、僕は、他者の不幸と、自分の家の不幸を比べている自分に気がついた。この本を読んだ多くの人も、無意識のうちにそうしていたかもしれない。

母親の発狂と自殺、父と愛人とその子どもたち、一家の離散、妹の自殺未遂。おまけに自分は生まれついての「どもり」で、結局、20歳まで電話一本まともにかけられず、授業では、あてられないように、いつも自分の気配を消していた。笑われてきた自分が嫌いだから、小学校から中学、中学から高校へと進学するたびに、それまでの友達関係を清算し、つねに誰にも知られない自分をつくってきた……。だからどうしたというのだ。正常と異常、幸せと不幸せがわからない。自分も誰かに質問されたら、不幸を物語るだろうか、『家族の標本』を読みながら、自問自答していた。

思い出というのは苦手だ。なぜなら、嫌なものと向かいあい関係を結ばなければならない。それならば、忘れて、すべてをなかったことにすればどれだけいいだろう。

僕はただ逃げ続けたかった。だから母親が自殺し、その葬式の時に、親戚《しんせき》連中から「何でこの子は泣けへんねん」と責められるようなことを言われ、あほらしくて、ますます何ものにも期待せず、最悪や絶望をあたりまえとし、他人から感情を読まれないようにふるまう人間になった。今からすれば、半分死んでいたし、自分のことをモノだと思うことで殺していたと思う。ニヒルを装《よそお》っていたが、でも実のところ、カラッポなだけ。柳さんのように、家出をしたり自殺未遂に走る勢いもなかった。まさに柳さんが引用していたラングストン・ヒューズのフレーズ、「〝嘆かわしいもの〟泣かないために氷りついている眼　死に方を知らない心」だった。

だから自らをさらし者にし、自分を笑えるようになったのは、いい歳《とし》になり、編集稼業《かぎょう》についてからで、だから、柳さんの著作に出遭ってしまった時、「あんた逃げられないよ」とノドに匕首《あいくち》をつきつけられたような気がした。しかしそれは指名手配犯が、名前や顔を整形で変えて隠れて暮らしたすえ、時効寸前に捕まった時の、ほっとしたあの心境にも似ている気がする。

柳さんの小説や書くものを、家族の不幸を売りものにするだの、自らがまき起こす不幸な事態をネタに「私小説」を書くなどと揶揄《やゆ》するヤカラがいるが、本当に不幸なのは、その不幸をコトバにしたり、物語として捏造《ねつぞう》、あるいは誤読してゆく回路をもたず、自分をごまかし続けていくことの方だ。僕はそうやって生きてきてしまったから、その卑怯《ひきょう》さの実感が痛い。だから、柳さんがコトバを使って、不幸（とりわけ家族と学校にまつわる）を凝視し、世界と自分の関係を再生させようとしていることが何よりリアリティある作業だとわかる。たとえその途中で多くのトラブルが起きたとしても、それはちっとも不幸なんかではない。僕は関係を学びなおすために、逃げない自分になりたいと思って柳さんの書いたものを読む。

この『魚が見た夢』は、『家族の標本』や『フルハウス』『家族シネマ』『ゴールドラッシュ』『命』など、柳さんのいろいろな本の執筆時期と重なる8年分の短文が収められている。それらは一見バラバラで、さっと書かれたエッセイに見えるが、「家族」や「死」や「恋愛」「書くこと」についての思考作業の過程で生み出されてきたものだ。たとえば「血とコトバ」というエッセイは、不幸を不幸に終わらせることのない「始まり」に満ちた一文である。僕はこのエッセイに、何ものも隠す必要などなく、どんな矛盾すらエネルギーにして生を再編させようとする明るさを感じる。

「私はアラブの盲目の詩人のように自家製の物語を密売しているのだ、と思うことがある。かつて母は生活のためにキムチを漬けて路上で売っていたが、私はホームメイドの物語を売っているのかもしれない」

パチンコ店の釘師《くぎし》兼支配人である父や、キャバレーにつとめていた母親、Vシネマに出演したこともある売れない女優である妹、上の弟はプロテニスプレイヤーになるという妄想に生き、また末の弟は、母とその愛人がバブル崩壊寸前に設立した不動産屋につとめている。柳さんは彼らを、『家族シネマ』で家族を演じた者たちみたいに、小説の中にとりこみ、共犯者にしてゆく。その作業を通し、小説は実家族をモデルにして書かれたものではなく、小説が家族再生のためのモデルになるという逆転現象が起こってゆく。

「私は親や弟妹を愛憎の対象にしたことはない」と言いながら、しかし「私は決定的に家族と繋《つな》がっていると感じている。私たちは破滅を約束されているという確かな実感を持ち、互いが滅びてゆく様を痛ましい思いで凝視し合っている」と書く。

柳さんは、何もあきらめない。矛盾の中へ入ってゆく。それは、自分の雑記帳の表紙になぐり書きされたレールモントフの詩のフレーズにもあらわれている。

「憩《いこ》いを知らぬ帆は、嵐《あらし》の中にこそ平穏のあるが如《ごと》くに、せつに狂瀾怒濤《きょうらんどとう》をのみ求むる也《なり》」

嵐から逃げるのではなくその中にこそ癒《いや》される力を感じる。闇《やみ》の中の恐ろしいものと交われば、もうそれ以上恐ろしいものはなくなる。凝視、しかし書くことはただよく見て事実を記録することではない。

「リアルなものは事実の中に存在しないと考えているからこそ、小説を書くのである。現実をいかがわしいものとして拒絶しているからこそ、コトバでリアルな世界を築きあげたいという欲求に衝《つ》き動かされるのだ」。書くことによって、不幸な者たちにも「未来が残されている」。

7歳の頃、柳さんは、日記の中で日々、世界を呪詛《じゆそ》し、何人もの先生や同級生を、自分を殺し続けた。そして、卒業文集で「将来小説家になりたい」と書いた。18歳、自殺しそこねた自分を殺し弔う「自分の葬式」として「戯曲」を書くことを発見する。

9本の戯曲により9度自分を殺し、10本目の戯曲『グリーンベンチ』が文学賞にノミネートされたことで、自分の中にずっと流れていた小説を書くというやむにやまれぬ衝動があらわになる。

「なぜ小説かと訊《き》かれれば、私の中に〈ドラマ〉ではない、書くということへの強い執着があるからだとしか答えようがない。ただ私の刻印がある文章を書きたいということだ。私は〈憎悪〉を超えて、言葉を創《つく》りたいと切望したのだ」（「未完のドラマ」）

そしてそれは同時に、

「書くことでしか生きる証《あかし》を確認できないこと」（「〈憎悪〉を超えた言葉」）、「私は言葉によって辛《かろ》うじて何者かであろうとしている」（「レモンと檸檬」）という決意であり、そのコトバを刻むこと自体が小説家・柳美里のあり様の自己確認作業であった。柳さんは、コトバを刻むことで、自分をもう後戻りできなくさせる。そして崖《がけ》に追いこんでゆく。結果的にそれは、現代において死や衰退を宣告された「小説」という形式の、再生につながる作業となってゆく。

半年かけて500枚の小説は書きあげられた。しかしその原稿は、読み返されたのち、ベランダで焼かれ灰となった。再びゼロから書かれ、『新潮』に発表された処女小説『石に泳ぐ魚』は、直後にプライバシー権及び名誉権侵害で訴えられ、最近まで

8年にわたり裁判で争われつづけた。裁判という事態でスキャンダラスな面ばかりがクローズアップされたが、出版された『石に泳ぐ魚』は読んでいただければ、恐ろしいほど「書く」ことの凄《すご》みにつらぬかれた小説だということがわかるだろう。

さて、再び『魚が見た夢』に収められた文章を読み進んでみよう。その文体は一様ではない。しかし、そのどれにも、コトバを、ピンセットでつまむように柳さんが選んでいるのを感じる。それを血のにじむ作業などとは言いたくない。結局はコトバがナイフのように研ぎ澄まされなければ、リンゴの皮もむけなければ人を死に至らせることもできない。柳さんはそのことをイヤというほどくり返し、自分にわからせる。小説家へと進んで行く過程で綴《つづ》られたこれら短文の多くは、思考を整理し、表現を精密にしようとする修練が感じられる。

「小説とは、政治や社会、あるいは文明が覆《おお》い隠して見えなくしている細部を言葉で掬《すく》い取るものだといえるかもしれない。細部とは、人間の〈生〉そのものではないだろうか」(「処女創作集のふるえ」)

言いまわし、単語の細部へのこだわり、その的確さ。細部＝生、ということはいかに矛盾や不合理を正確に書くかということだ。柳さんの小説をただ日常に起こることを記述しているだけというようなことを平気で言う者がまだいるが、それはあたり前に見えるものをつくるには、どれほど火の中をくぐり、自らを変成させなくてはならないか、そのことをあまりにも知らない発言である。僕は、柳さんの「会話」の書き方に舌を巻く。コトバを交しあうことで、関係を小説の中でつくっていくその技を魔法のように思う。「文章の正確さ」は、「痛み」や「憎しみ」の記述にとって不可欠なものなのだ。

「まえがき」で柳さんはこう書いた。

「痛みがなくなったら、私は書けなくなる。そして書くことで痛みの水位はさらに増していく。私は私を私自身から救い出そうなどと考えてはいない」

そのために彼女は、「私は私を私自身に閉じ込める」。「痛みの水」で自分を包囲し、痛みの中の自分自身を静止させ続けるために。

「痛い」、「憎い」という感覚が問題なのではなく、いかに正確に「痛い」ということ、「憎い」ということを記述し、そのコトバたちの中に、自分自身を閉じこめるかが課題なのだ。

「痛みを知る」だの「憎しみを超える」とコトバで言うことは簡単だ。そうではなく、そのコトバを生かしめるために、どれだけ痛みや憎しみからコトバをもって逃げないか。それは僕らが再生しうるかどうかの課題でもある。柳さんが突きつけているのはそのことだ。

柳さんはおみくじを引くと必ず凶が出るという。そして、「痛い、憎い」、そのふたつだけを頼りに書いてきたのだから、「私は〈凶〉との出逢《であ》いを大切にしている」と言う。

凶なる小説が、未来をつくってゆくだろう。

凶なる小説に幸いあれ。

（平成十五年三月、編集者／クリエイティブディレクター）

この作品は平成十二年十月新潮社より刊行された。

魚《さかな》が見《み》た夢《ゆめ》

新潮文庫　ゆ - 8 - 4

平成十五年四月一日発行

著者　柳《ゆう》美《み》里《り》

発行者　佐藤隆信

発行所　株式会社 新潮社

郵便番号　一六二―八七一一
東京都新宿区矢来町七一
電話 編集部(〇三)三二六六―五四四〇
読者係(〇三)三二六六―五一一一

価格はカバーに表示してあります。

乱丁・落丁本は、ご面倒ですが小社読者係宛ご送付ください。送料小社負担にてお取替えいたします。

印刷・二光印刷株式会社　製本・株式会社植木製本所

ISBN4-10-122924-4 C0195